우리말 나들이 어휘력 편

신뢰와 호감을 높이는

언어생활을 위한

우리말 나들이 어휘력 편

MBC 아나운서국 엮음

창비

최근 MZ 세대의 문해력이 화두입니다. '금일'을 '금요일'로 착각하는 것에서부터 '혼술'과 '혼밥'에 익숙해진 나머지 '혼숙 금지'를 '혼자 숙박 금지'로 오인하는 경우까지. 글을 읽고 이해하는 능력을 뜻하는 문해력 저하는 의사소통의 문제를 넘어 학습 부진과 세대 간 갈등이라는 지점까지 연결되기도 합니다.

이런 현상은 우려스러운 동시에 한편으로는 다행스럽기도 합니다. 문해력과 맞닿아 있는 어휘력 부족이 마침내 우리가 짚고 넘어가야 할 사회적 문제라는 공감을 불러일으켰기 때문입니다. 또한 이런 상황은 나의 말이 올바른지 점검해보는 기회가 되기도 합니다.

1997년부터 30년 가까이 방송되고 있는 MBC 방송 프로그램 「우리말 나들이」는 현시대의 언어를 들여다보고 올바른 언어 생활의 길잡이 역할을 해왔다고 자부합니다. 그간 축적된 자료를 바탕으로 최근 10년간의 방송, 그중에서도 이 시대를 살아가는 우리에게 여전히 유효한 내용들만 엄선해 책을 펴냈습니다. 특히 『우리말 나들이 어휘력 편: 신뢰와 호감을 높이는 언어

생활을 위한』이라는 제목에서 알 수 있듯이, 올바른 어휘 사용
이 상대에게 신뢰와 호감을 높일 수 있는 효과적인 도구로 기능
할 수 있다는 점에 주목했습니다.

이 책에서는 다음과 같은 면을 신경 썼습니다. 우선 실용성입니
다. 일상에서 흔히 사용하지만 잘못 쓰고 있는 낱말들을 세심하
게 골랐습니다. 아름다운 순우리말이지만 사용 빈도가 낮은 표
현은 과감하게 포기하고, 현시대의 언어에 집중해 실용성을 높
였습니다. 두 번째는 난이도입니다. 너무 쉬운 단어 혹은 너무
어렵거나 쓰임이 제한적인 낱말이나 표현을 선정하지 않도록
노력했습니다.

『우리말 나들이 어휘력 편: 신뢰와 호감을 높이는 언어생활을
위한』의 구성은 다음과 같습니다. 먼저 틀리기 쉬운 맞춤법입
니다. 맞춤법을 잘 알고 있다고 생각하는 독자들이라도 목차만
봐도 헷갈리는 낱말이 많을 것입니다. 그만큼 자주 틀리는 맞춤
법을 바르게 짚었습니다. 두 번째는 발음에서 비롯된 틀린 표현
입니다. 입말을 따라 소리 나는 대로 표기하다가 틀리기 쉬운
낱말들을 골랐습니다. 세 번째는 올바른 외래어 표기법입니다.
다른 나라의 말을 들여올 때는 한국어의 규범에 따라 새로운 외
래어가 탄생합니다. '오렌지'를 '어뤤쥐'라고 적으면 아무도 이
해할 수 없듯이, 올바른 외래어 표기를 통해 의사소통의 효율성
을 높이고자 합니다. 마지막으로 순화하면 더 좋을 표현입니다.

그 말의 기원이 일본어이거나 시대와 동떨어진 낡은 표현 등은 순화어를 제시했습니다.

이 책을 통해 독자들이 올바른 어휘 사용만으로도 상대에게 신뢰와 호감을 사고, 품격이 높아지는 경험을 하게 되길 희망합니다. 또한 이 책이 현시대 언어생활의 기록이자 세대 간 소통의 간극을 조금이나마 해소하는 데 밑거름이 된다면 더 바랄 나위가 없겠습니다.

책을 위해 힘써주신 출판사 창비교육, 박연희 작가와 MBC「우리말 나들이」제작진, 미디어사업팀 최윤희 국장과 MBC C&I 김정혜 실장, 격려와 지원을 아끼지 않은 차미연 아나운서국장, 그리고 출판의 전 과정을 세심하게 챙긴 김정현 아나운서를 비롯한 MBC 아나운서 모두에게 고마운 마음을 전합니다.

2025년 1월
MBC 아나운서국

이 책의 활용법

걷어붙이다와 걷어부치다

어떤 결심을 하고 무언가를 열심히 하려고 할 때, 소매를 걷고 일을 시작한다고 하죠. 이때 여러분은 소매를 걷어붙이시나요? 아니면 걷어부치시나요? 바른 우리말은 '걷어붙이다'입니다. 소매나 바짓가랑이 따위를 말아 올리는 걸 뜻하는 표준어 '걷어붙이다'는 아래 예문처럼 쓰입니다. 소매를 걷어서 붙였다고 이해하면 헷갈리지 않겠죠?

▸ 소맷자락을 걷어붙이고 설거지를 했다.
▸ 바지를 무릎 위까지 걷어붙이고 개곡에 들어갔다.

'걷어붙이다'와 함께 알아두고 활용하면 좋을 말로 '벗어부치다'도 있는데요. 이때는 '벗어붙이다'가 아닌 '벗어부치다'가 맞습니다.

벗어부치다
힘차게 대들 기세로 벗다.

026

더운 날에는 웃통을 벗어부치고 등목을 하면 좋고, 설거지는 소매를 걷어붙이고 하면 좋겠죠?

027

★ 다양한 예문

일상생활에서 흔히 사용하는 예문을 통해 여러 쓰임을 살펴보세요.

★ 뜻풀이

국립국어원 표준국어대사전을 기준으로 한 정확한 뜻풀이를 한눈에 확인해보세요.

담그다와 담구다,
잠그다와 잠구다

▸ 김치를 담궈서 방에 있는 냉장고에 넣고 방문을 잠궜다. [×]

위 예문에서 어느 부분이 틀렸을까요? 액체 속에 넣다, 김치·술·장·젓갈 따위를 만드는 재료를 버무리거나 물을 부어서 익거나 삭도록 그릇에 넣어두다의 뜻을 담은 우리말은 '담그다'이고, 여닫는 물건을 열지 못하도록 자물쇠를 채우거나 빗장을 걸거나 하다의 뜻을 담은 우리말은 '잠그다'입니다. 바른 우리말로 예문을 다시 표현하자면 '김치를 담가서 방에 있는 냉장고에 넣고 방문을 잠갔다'이겠죠?
이 밖에도 '잠그다'에는 물, 가스 따위가 흘러나오지 않도록 차단하다, 옷을 입고 단추를 끼우다의 뜻도 있으니까요. 앞으로는 헷갈리지 말고 다음과 같이 활용하세요.

▸ 대문도 잠그고, 가스도 잠가서 사고를 예방합니다.
▸ 추울 땐 외투의 단추를 꼭 잠그고, 반대로 더울 땐 시냇물에 발을 담가보는 건 어떨까요?
▸ 작년에 담근 매실주가 어디 있더라?

040

우리말 여겨보기

김치를 '담갔다'라고 해야 하는데 김치를 '담았다'라고 표현하는 일도 흔한데요. 그릇에 담은 걸 말하는 게 아니라 김치를 만들었다는 뜻이라면 '담았다'가 아니라 '담갔다'가 맞습니다.

★ 여겨보기

'여겨보다'는 눈에 익혀가며 기억할 수 있도록 자세히 보다는 뜻의 우리말입니다.
낱말과 관련된 우리말, 속담, 사자성어, 관용구 등 함께 알아두면 좋은 표현, 다양한 이야깃거리를 익혀보세요.

괜스레와 괜시리

> 새벽부터 기다렸는데도 마중 나게시리 통성이더라고. [×]
> 새벽부터 기다렸는데도 마중 나갈 통성이더라고. [○]
> 새벽부터 기다렸는데도 마중 나게끔 통성이더라고. [○]

일상에서 무심코 쓰는 '마중 나게시리'는 비표준어로, 그냥 '마중 나게'로 쓰는 것이 더 우리말답고 알뜰합니다. 또는 '마중 나게끔'으로 바꿀 수도 있는데요 사전에 '-게시리'는 비표준어이고 '-게끔'이 표준어라는 내용이 있습니다. 이것은 의미가 똑같은 형태가 몇 가지 있을 경우, 그중 어느 하나가 압도적으로 널리 쓰이면 그 단어만을 표준어로 삼는다는 규정(표준어 사정 원칙 제25항)에 따른 것입니다.

> 괜시리 외출을 해서 돈만 왕창 썼어. [×]
> 괜스레 외출을 해서 돈만 왕창 썼어. [○]
> 공연스레 외출을 해서 돈만 왕창 썼어. [○]

이 밖에도 '-시리'를 붙여서 틀리는 경우가 더 있는데요. 바로 ·

★ 아나운서 발음 여겨듣기

'여겨듣다'는 정신을 기울여 새겨듣다는 뜻의 우리말입니다. '2장 잘못된 발음에서 이어진 틀린 표현'에 실린 큐알코드를 통해 MBC 김수지, 정영한 아나운서의 정확한 발음을 들어보세요.

순화어 문제

내용을 잘 익혔는지 확인해볼까요?
밑줄 친 외래어를 순화한 표현으로 고치세요.

① 마침내 긴 여정의 종지부를 찍었다. →
② 익일 오후까지 보고서 제출하세요. →
③ 거짓말한 게 뽀록나서 당황했어. →
④ 내일 광복절이니까 태극기 게양하는 것 잊지 마. →
⑤ 눈이 돈에 욕심 내다가는 큰일 나. →
⑥ 땡깡 부리는 아이를 달래느라 힘들었다. →
⑦ 왜 이렇게 무데뽀로 행동하는 거야?. →
⑧ 지난 주말에는 친구들과 한강 고수부지에서 놀았다. →

⑨ 굴삭기 운전기능사 시험을 준비 중이다. →
⑩ 이번 작업을 위해 세 명을 차출하기로 했다. →
⑪ 곤색보다는 검은색이 더 잘 어울린다. →
⑫ 만전을 기해 준비했으니 잘될 거야. →
⑬ 견습 기간은 3개월이다. →

★ 문제 풀이

올바른 맞춤법, 외래어 표기법, 순화어 등 다양한 문제를 통해 책의 내용을 잘 익혔는지 확인해보세요.

차례

1장   제대로 알면 헷갈리지 않는 맞춤법

2장 잘못된 발음에서 이어진 틀린 표현

3장   **아는 만큼 바르게 쓰는 외래어 표기법**

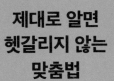

1장

제대로 알면
헷갈리지 않는
맞춤법

가느닿다와 가느랗다

사람의 팔뚝이나 종아리는 얇다고 표현하지 않고 가늘다고 표현해야 맞습니다. 그냥 가늘지 않고 아주 가늘다고 강조하고 싶을 땐 '가느다랗다'를 쓸 수 있는데요. 또 '가느다랗다'는 팔뚝이나 종아리뿐 아니라 목소리나 눈썹에도 사용할 수 있습니다. 그런데 '가느다랗다'의 준말을 틀리게 쓰는 경우가 많습니다. 언뜻 보면 '가느랗다'일 것 같지만 '가느다랗다'를 줄인 말은 '가느닿다'입니다. 그러니까 '가늘다'를 강조해 아주 가늘다고 하고 싶을 땐 '가느다랗다'이고, '가느다랗다'의 준말은 '가느닿다'입니다.

'가느다랗다'에 어미 '-네'가 결합할 때는 'ㅎ'이 줄어들기도 하고 줄어들지 않기도 해서 '가느다라네'와 '가느다랗네' 둘 다 가능하다고 하니까요. 함께 알아두면 좋겠습니다.

가리어지다와 가리워지다

1987년에 나온 「가리워진 길」이라는 노래가 있습니다. 노랫말에 '가리워진 나의 길'이라는 표현이 있는데요. 정확히 쓰려면 '가리어진'이 맞습니다. '가리어지다'는 '가리다'에 '-어지다'가 결합한 말이므로 '가리워지다'가 아니라 '가리어지다'로 적습니다.

> ▶ 긴 머리에 반쯤 가리어진(가려진) 얼굴.
> ▶ 교통 표지판이 현수막으로 가리어져서(가려져서) 보이지 않았다.

무엇이 사이에 가리게 되어 보이지 않게 되거나 드러나지 않게 되다는 뜻의 우리말 '가리어지다'는 줄여서 '가려지다'로도 쓰입니다. 일상에서는 '가리어지다'보다 '가려지다'를 더 많이 쓰는 것 같죠?

노래 「가리워진 길」이 수록된 앨범의 타이틀곡은 너무나도 유명한 「사랑하기 때문에」입니다. 이제 이 멋진 노래를 부르는 목소리의 주인공이 누구인지, 가리어져 있더라도 다 아실 것으로 믿습니다.

갑 티슈와 각 티슈와 곽 티슈

물건을 담는 작은 상자를 나타내는 표준어는 무엇일까요? 각?
곽? 갑? 어떨 땐 구수하게 '꽉대기'라고도 표현하는 이것, 표준
어는 '갑匣'입니다.

> ▸ **이 책을 저 갑에 넣어봐.**
> ▸ **휴지 한 갑만 주세요.**

'갑'은 수량을 나타내는 말 뒤에 쓰여 작은 물건을 상자에 담아
그 분량을 세는 단위를 이르기도 합니다.

표준어는 '곽', '꽉', '곽대기', '꽉대기', '꽉때기' 따위가 아니라
'갑'입니다. 그래서 한 장씩 뽑아 쓰도록 된 네모난 종이 상자에
담긴 화장지는 '각 티슈'나 '곽 티슈'가 아니라 **갑 티슈**'가 맞습
니다. 아마도 갑 티슈 모양이 네모졌기 때문에 '각 티슈'라고 착
각하기 쉬운 것 같은데요. 이때의 '각角'은 면과 면이 만나 이루
어지는 모서리를 뜻합니다.

'갑 티슈' 속 외래어 '티슈'를 순화해서 쓰고 싶다면 '갑 화장지'나
'갑 휴지'로 바꿀 수 있습니다.

개다와 개이다

▶ **날씨가 끄물끄물하더니 갑자기 활짝 개였다.** [×]

위 예문에서 틀린 표현이 있습니다. 바로 '개였다'인데요. 활짝 '개었다'고 해야 맞습니다. 흐리거나 궂은 날씨가 맑아지다의 뜻을 담은 우리말은 **'개이다'가 아니라 '개다'**이기 때문입니다. '개이다'는 '개다'에 피동 접미사 '-이-'를 불필요하게 덧붙인 것으로 우리말 규범에 어긋난 표기입니다. 그러니까 **활짝 '개인'** 하늘이 아니라 활짝 **'갠'** 하늘로 써야 바른 표현입니다.

▶ **네 목소리를 들으니까 기분이 갠다.**
▶ **집에서 엄마 밥을 먹으니까 마음이 좀 개는구나.**

날이 개고, 비가 개고, 날씨가 개는 것뿐만 아니라 기분도 갤 수 있는데요. 이때의 '개다'는 언짢거나 우울한 마음이 개운하고 홀가분해짐을 비유적으로 이르는 말입니다.

개수와 갯수,
초점과 촛점

▶ 대리님, 이거 갯수가 안 맞아요. [×]

▶ 감독님, 화면 촛점이 나갔는데요? [×]

'갯수'가 안 맞을뿐더러 우리말도 안 맞고, '촛점'이 나갔을뿐더러 우리말도 나갔습니다. 2음절로 된 한자어 중 '곳간', '셋방', '숫자', '찻간', '툇간', '횟수' 이 여섯 개의 단어만 사이시옷을 받쳐 적고 나머지는 사이시옷을 적지 않습니다. 그러니까 '개수'가 안 맞은 거고, 화면 **초점**이 나간 게 맞습니다.

걷어붙이다와 걷어부치다

어떤 결심을 하고 무언가를 열심히 하려고 할 때, 소매를 걷고 일을 시작한다고 하죠. 이때 여러분은 소매를 걷어붙이시나요? 아니면 걷어부치시나요? 바른 우리말은 '걷어붙이다'입니다. 소매나 바짓가랑이 따위를 말아 올리는 걸 뜻하는 표준어 '걷어붙이다'는 아래 예문처럼 쓰입니다. 소매를 걷어서 붙였다고 이해하면 헷갈리지 않겠죠?

> ▶ **소맷자락을 걷어붙이고 설거지를 했다.**
> ▶ **바지를 무릎 위까지 걷어붙이고 계곡에 들어갔다.**

'걷어붙이다'와 함께 알아두고 활용하면 좋을 말로 '벗어부치다'도 있는데요. 이때는 '벗어붙이다'가 아닌 '벗어부치다'가 맞습니다.

벗어부치다
힘차게 대들 기세로 벗다.

더운 날에는 웃통을 벗어부치고 등목을 하면 좋고, 설거지는 소
매를 걷어붙이고 하면 좋겠죠?

꿰맞추다와 껴맞추다

증거를 꿰맞추는 짜깁기 수사가 있어서는 안 되겠죠. 이처럼 뉴스에서도 흔히 쓰이는 표현인 '꿰맞추다'를 '껴맞추다'로 잘못 쓰는 일이 있습니다. 서로 맞지 않는 것을 적당히 갖다 맞추는 걸 뜻하는 표준어는 '꿰맞추다'입니다. 제대로 발음하고 싶다면 [꿰:맏추다]처럼 '꿰'를 길게 읽습니다.

'꿰맞추다'를 '껴맞추다'로 잘못 쓰기 쉬운 이유는 아마도 '끼워 맞추다'와 혼동하기 때문일 텐데요. '끼워 맞추다'의 '끼우다'는 아래 세 가지 뜻으로 쓰입니다.

끼우다

(1) 벌어진 사이에 무엇을 넣고 죄어서 빠지지 않게 하다.

(2) 무엇에 걸려 있도록 꿰거나 꽂다.

(3) 한 무리에 섞거나 덧붙여 들게 하다.

앞뒤 문맥과 말하고자 하는 의도에 따라 '끼워 맞추다'가 적절할 때도 있지만 '꿰맞추다'와 같은 말은 아닙니다. 만약 '끼워 맞추다'를 쓰고 싶다면 한 단어가 아니기 때문에 '껴 맞추다'처럼 띄어서 써야 바른 표현입니다.

자신이 한 거짓말을 들통나지 않게 하려고 여러 가지 또 다른 거짓말들을 만들어 꿰맞추느라 진땀 흘리는 경우를 종종 봐왔습니다. 영화에서도, 드라마에서도, 현실에서도 마찬가지일 텐데요. 허둥지둥 말을 꿰맞춰봤자 그 끝은 좋을 리가 없겠죠?

내디뎠다와 내딛었다

▶ 첫발을 (내디뎠다/내딛었다).

둘 중 어느 표현이 맞을까요? 준말과 본말이 다 같이 널리 쓰이면서 준말의 효용이 뚜렷이 인정되는 것은, 두 가지를 다 표준어로 삼는다는 규정(표준어 사정 원칙 제16항)에 따라 '내디디다'와 준말인 '내딛다'는 모두 표준어인데요. 이 말을 활용해 쓸 때는 여겨봐야 할 것이 있습니다.

본말인 '내디디다'의 어간 '내디디-'와 달리 준말인 '내딛다'의 어간 '내딛-' 다음에는 자음으로 시작하는 어미만 붙습니다. 즉 '내디디-'의 경우 '내디디고', '내디디어'처럼 자음으로 시작하는 어미('-고', '-니' 등)든 모음으로 시작하는 어미('-어서', '-어요' 등)든 모두 가능한데요. 하지만 '내딛-'의 경우 '내딛어서'의 '-어서'와 같이 모음으로 시작하는 어미는 뒤에 올 수 없고, '내딛고'의 '-고'처럼 자음으로 시작하는 어미만 올 수 있습니다.

내딛고, 내디디고, 내디뎌, 내디디면 [○]

내딛어, 내딛으면 [✕]

그래서 올바른 표현은 '첫발을 내딛었다'가 아니라 '첫발을 내
디뎠다'입니다. 모음으로 시작하는 어미가 뒤에 왔기 때문입
니다. 일부 준말의 경우, 모음 어미가 연결될 땐 준말의 활용
형을 인정하지 않는다는 표준어 규정을 따른 것이니 알아두면
좋겠죠?

내팽개치다와 내팽겨치다

아무리 귀찮아도 내팽겨두거나 내팽겨치면 안 되는 것들이 있죠. 설거지, 주어진 일, 분리수거 등이 생각나는데요. 그런데 여기서 '내팽겨-'는 바른 표현이 아닙니다. 냅다 던져 버리다, 돌보지 않고 버려두다, 일 따위에서 손을 놓다의 뜻을 담은 우리말은 '내팽개치다'입니다.

비슷한 뜻을 지닌 표준어 '팽개치다'도 알아볼까요? '팽개치다'에는 두 가지 뜻이 있는데요. 짜증이 나거나 못마땅하여 물건 따위를 내던지거나 내버리다의 뜻일 때는 '나는 선물로 받은 반지를 팽개쳐버렸다'처럼 쓰입니다. 또는 하던 일 따위를 중도에서 그만두거나 무엇에 대한 책임을 다하지 아니하다의 뜻일 때는 '그는 하던 일을 팽개치고 달아났다'처럼 쓸 수 있습니다.

👁 **우리말 여겨보기** ·····

　'팽개치다'와 관련된 또 다른 우리말을 소개합니다.

팽개질

짜증이 나거나 못마땅하여 어떤 일이나 물건을 내던지거나 내버리는 짓.

팽개질하다

짜증이 나거나 못마땅하여 어떤 일이나 물건을 내던지거나 내버리다.

널따랗다와 넓다랗다

▶ (널따란/넓다란) 수영장

다음 중 올바른 말은 무엇일까요? 정답은 '널따란' 수영장입니다. '널따랗다'는 '넓다'에 '-다랗다'가 결합한 말이지만 '넓다랗다'로 적지 않고 '널따랗다'로 적습니다. 용언의 어간 뒤에 자음으로 시작된 접미사가 붙어서 된 말은 그 어간의 원형을 밝혀 적어야 하지만, 그 어간의 겹받침의 끝소리가 드러나지 않는 것은 소리대로 적는다는 규정(한글 맞춤법 제21항)에 따른 것인데요. 정리하자면 다음과 같습니다.

- '넓다'에 '-다랗다'가 붙은 말.
- [널따라타]로 발음.
- '넓다'의 겹받침의 끝소리 'ㅂ'은 드러나지 않고 'ㄹ'만 발음되기 때문에 '널따랗다'로 표기.

널찍하다와 넓직하다,
넓적하다와 넙적하다

아나운서도 헷갈릴 법한 우리말 문제를 소개합니다. 다음 중 바른 표현은 무엇일까요?

▶ 방이 (널찍하다 / 넓직하다).
▶ 손이 (넙적하다 / 넓적하다).

정답은 '방이 널찍하다'와 '손이 넓적하다'입니다. 앞에 소개한 한글 맞춤법 제21항에 따라 '널찍하다'는 어간의 겹받침 끝소리인 'ㅂ'이 드러나지 않으므로 소리 나는 대로 적고, '넓적하다'는 겹받침의 끝소리인 'ㅂ'이 드러나므로 어간인 '넓-'의 원형을 밝혀 적는 것이 옳습니다.

널찍하다

((실제적인 공간을 나타내는 명사와 함께 쓰여)) 꽤 너르다.

넓적하다

펀펀하고 얇으면서 꽤 넓다.

널찍한 마당에서 고기를 잔뜩 구워 넓적한 그릇에 담아 먹는 상
상으로 이 글을 마무리하겠습니다.

손이 '넙적하다'고 하는 건 바르지 않지만 다른 뜻으로 쓰이는 표준
어 '넙적하다'가 있습니다. 형용사 '넓적하다'와 달리 동사 '넙적하
다'는 말대답을 하거나 무엇을 받아먹을 때 입을 넁큼 벌렸다가 닫
다, 몸을 바닥에 바짝 대고 넁큼 엎드리다, 망설이거나 서슴지 않고
선뜻 행동하다 세 가지 뜻을 담고 있습니다.

눌어붙다와 눌러붙다

공부는 엉덩이 힘으로 한다는 말이 있습니다. 오래 앉아 있을 수 있는 힘을 기르라는 뜻이겠죠? 이처럼 한곳에 오래 있으면 서 떠나지 아니하다는 뜻의 우리말이 있는데요. '눌어붙다'일 까요? '눌러붙다'일까요?

눌어붙다

(1) 뜨거운 바닥에 조금 타서 붙다.

　　- 누룽지가 밥솥 바닥에 눌어붙어 떨어지지 않는다.

(2) 한곳에 오래 있으면서 떠나지 아니하다.

　　- 그는 책상 앞에 한번 앉으면 몇 시간은 눌어붙어 있다.

밥솥 바닥에 누룽지가 **눌어**붙어 있다고 할 때도, 엉덩이 힘으로 책상 앞에서 몇 시간을 **눌어**붙어 있다고 할 때도 모두 '**눌어붙 다**'를 써야 맞습니다.

단출하다와 단촐하다

사전을 찾아보면 형용사 '조촐하다'의 네 번째 뜻은 호젓하고 단출하다인데요. 뜻풀이 속 우리말 '단출하다'를 '단촐하다'로 헷갈려 잘못 쓰는 일이 많습니다.

단출하다

(1) 식구나 구성원이 많지 않아서 홀가분하다.

  - 살림이 단출하다.

(2) 일이나 차림차림이 간편하다.

  - 단출한 차림.

  - 식단이 단출하다.

'조촐한 모임이었다', '가족끼리 조촐하게 치렀다'처럼 '조촐하다'는 올바른 표현이지만 **'단촐하다'는 틀리고 '단출하다'가 맞다**는 것, 잊지 마세요.

'단출하다'와 함께 알아두면 좋을 말로 '단출내기'가 있습니다. 식구가 없어 홀가분한 사람을 뜻하는 말로 [단출래기]라고 발음합니다.

담그다와 담구다,
잠그다와 잠구다

▶ **김치를 담궈서 방에 있는 냉장고에 넣고 방문을 잠궜다.** [×]

위 예문에서 어느 부분이 틀렸을까요? 액체 속에 넣다, 김치·
술·장·젓갈 따위를 만드는 재료를 버무리거나 물을 부어서 익
거나 삭도록 그릇에 넣어두다의 뜻을 담은 우리말은 '**담그다**'이
고, 여닫는 물건을 열지 못하도록 자물쇠를 채우거나 빗장을
걸거나 하다의 뜻을 담은 우리말은 '**잠그다**'입니다. 바른 우리
말로 예문을 다시 표현하자면 '김치를 **담가서** 방에 있는 냉장
고에 넣고 방문을 **잠갔다**'이겠죠?
이 밖에도 '잠그다'에는 물, 가스 따위가 흘러나오지 않도록 차
단하다, 옷을 입고 단추를 끼우다의 뜻도 있으니까요. 앞으로는
헷갈리지 말고 다음과 같이 활용하세요.

▶ **대문도 잠그고, 가스도 잠가서 사고를 예방합니다.**

▶ **추울 땐 외투의 단추를 꼭 잠그고, 반대로 더울 땐 시냇물에 발을**
  담가보는 건 어떨까요?

▶ **작년에 담근 매실주가 어디 있더라?**

김치를 '담갔다'라고 해야 하는데 김치를 '담았다'라고 표현하는 일
도 흔한데요. 그릇에 담은 걸 말하는 게 아니라 김치를 만들었다는
뜻이라면 '담았다'가 아니라 '담갔다'가 맞습니다.

대물림과 되물림

되돌려 물려준다고 생각하기 때문일까요? '가난이 되물림되었
다', '가업을 되물림 받았다'처럼 쓰는 일이 있는데요. 표준어는
'되물림'이 아니라 '대代물림'입니다. 사물이나 가업 따위를 후
대의 자손에게 남겨주어 자손이 그것을 이어 나감, 또는 그런
물건을 뜻하는 우리말입니다.

후대의 자손에게 남겨주는 것이지, 원래 자손의 소유였던 것을
다시 되돌려받거나 되돌려주는 것이 아니기 때문에 '되'돌려
물려준다는 말은 이상하죠? **대를 이어 물려준다는 뜻**으로 이해
하면 '대물림을 받다', '대물림으로 이어받았다', '이 시계는 우
리 집안의 대물림이다'처럼 쓸 수 있습니다.

'-물림'이 붙은 말 중에 '후後물림'도 있는데요. 남이 쓰던 물건
을 물려받음, 또는 그런 물건을 뜻합니다.

덮이다와 덮히다

▶ 눈 (덮인/덮힌) 들판

둘 중 어느 표현이 맞을까요? '덮다'의 피동사는 '덮이다'로, '덮여', '덮이니'로 활용할 수 있습니다. 어간의 받침이 'ㅍ'인 경우 접미사 '-이-'가 붙어야 바른 우리말인데요. 비슷한 예로 '높이다'와 '짚이다'가 있습니다. 그래서 '방의 온도를 높였다(○) / 높혔다(×)', '짚이는(○) / 짚히는(×) 구석이 있다'처럼 표기합니다.

◉ 우리말 여겨보기

'덥다'에 사동 접미사 '-히-'를 붙인 우리말 '덥히다'를 '뎁히다', '데피다' 따위로 쓰는 건 바르지 않습니다.

되레와 되려

자기가 잘못하고서는 오히려 큰소리치는 경우가 있습니다. 여기서 우리말 '오히려'는 줄여서 쓸 수도 있는데요. '오히려'의 준말은 '외려'입니다. 자기가 잘못하고서는 외려 큰소리치는 사람이 있는가 하면, 잘못하지 않았는데도 외려 나서서 일을 수습하려는 사람도 있는데요. 어떤 사람이 될지는 본인이 결정하는 거겠죠?

이와 비슷하게 우리말 '도리어'도 줄여서 쓸 수 있습니다. 그런데 '오히려'의 준말인 '외려' 때문일까요? 많은 사람들이 '도리어'의 준말을 '되려'로 잘못 알고 있지만 **'도리어'의 준말은 '되레'입니다.** 사전을 살펴볼까요?

> **도리어**
>
> 예상이나 기대 또는 일반적인 생각과는 반대되거나 다르게.
>
> 「준말」 되레

'되려'는 '도리어'의 방언으로, 여러 지방에서 쓰이는 말이라고 하니 표준어를 써야 하는 상황에서는 '되레'가 맞다는 걸 기

억하세요. 조금 더 명확한 우리말을 구사하고 싶다면 '되레'는
[되:레/뒈:레]처럼 길게 발음합니다.

뒤치다꺼리와 뒤치닥거리

술에 취한 친구 뒤치다꺼리 VS 자아도취에 빠진 친구 뒤치다꺼리

둘 중 어느 것이 더 힘들까요? 둘 다 쉽지는 않아 보이죠? 술이나 자아도취 말고, 이번엔 우리말에 취해봅시다. '뒤치다꺼리'의 표기를 '뒤치닥거리'로 잘못 쓸 때가 많은데요. 뒤에서 일을 보살펴서 도와주는 일을 뜻하는 표준어는 '뒤치다꺼리'입니다. **'뒤치다꺼리'는 명사 '뒤'와 '치다꺼리'가 결합한 합성어로, '치다꺼리'가 거센소리로 시작하기 때문에 '뒤'에 사이시옷을 붙이지 않은 '뒤치다꺼리'가 맞습니다.**

> **뒤치다꺼리**
>
> (1) 뒤에서 일을 보살펴서 도와주는 일.
>
> - 애들 뒤치다꺼리에 바쁘다.
>
> (2) 일이 끝난 뒤에 뒤끝을 정리하는 일.
>
> - 회의가 끝나고 남은 뒤치다꺼리를 했다.

들르다와 들리다

이따 집에 가는 길에 잠깐 들리라는 문자를 받았는데 눈살이 살짝 찌푸려졌다면 아마도 '들리라'는 말 때문일 텐데요. '들르라'고 해야 바른 표현이죠?

들르다
  활용 들러, 들르니

들리다
  활용 들리어(들려), 들리니

우리말 '들르다'를 '들리다'와 혼동해서 쓰는 일이 흔합니다. **지나는 길에 잠깐 들어가 머무르다의 뜻을 담은 우리말은 '들르다'로** '친구 집에 잠깐 들렀다', '퇴근길에 포장마차에 들러서 친구를 만났다'처럼 쓰입니다. '들리다'와 혼동해 '친구 집에 잠깐 들렸다', '퇴근길에 포장마차에 들려서 친구를 만났다'라고 쓰면 틀립니다. '들리다'는 다른 사람의 말이나 소리를 듣게 하다의 뜻이니까요.

근처에 오면 꼭 들러주세요. - 근처에 오면 잠깐 방문해달라는 뜻

근처에 오면 꼭 들려주세요. - 근처에 오면 무엇을 듣게 해달라는 뜻

'들르다'와 '들리다', 이제 다른 점이 명확히 느껴지시나요?

머리맡과 베개맡

명사 '머리'에 가까운 곳이라는 뜻을 더해주는 접미사 '-맡'을 붙인 '머리맡'은 누웠을 때의 머리 부근을 뜻합니다.

▸ **머리맡에 놓은 물컵.**
▸ **책을 머리맡에 편 채 잠들었다.**

보통 잠자리에 누울 땐 베개가 필요하잖아요? 그래서 '베개맡'이라는 말도 흔히 쓰게 되었지만 이 말은 표준어가 아닙니다. **'베개맡'이 아니라 '머리맡'만 표준어입니다.** 우리말 '머리맡'은 발음을 유의해야 하는데요. '머리맡이'는 [머리마시]가 아니라 [머리마치], '머리맡을'은 [머리마슬]이 아니라 [머리마틀]로 읽습니다.

사전에서 '머리맡'을 찾아보면 참고하면 좋을 말로 '발치'를 소개하고 있습니다. 누울 때 발이 가는 쪽, 발이 있는 쪽, 사물의 꼬리나 아래쪽이 되는 끝부분을 뜻해 다음과 같이 활용할 수 있습니다.

▶ 나는 발치를 더듬어 휴대전화를 찾았다.

▶ 들고 있던 가방을 친구의 발치에 떨어뜨렸다.

▶ 침대 발치에 인형을 두었다.

👁 우리말 여겨보기 ···

'-맡'이 붙은 우리말 중 '자리맡'도 함께 알아둘까요? 잠자리의 곁

을 뜻해 '할머니는 늘 자리맡에 물 한 잔을 두고 주무셨다'처럼 쓸

수 있습니다.

머릿속과 머리속

▶ **그때의 일이 두고두고 머릿속에 감치고 잊히지 않는다.**

좋지 않았던 일일수록 머릿속에서 사라지지 않고 계속 감돌면서 잊히지 않을 때가 있습니다. 특히 아나운서들은 방송에서 실수로 우리말을 잘못 썼을 때 그럴 텐데요. 하지만 시간이 흐르고 나면 그것도 잊히기 마련이니 머릿속 괴로운 일은 얼른 털어내길 바랍니다. 같은 실수를 반복하지 않으려면 머릿속에 바른 우리말을 차곡차곡 잘 쌓아야겠죠? **'머리속'이 아니라 '머릿속'에 넣는 겁니다.**

> **머릿속**
> (1) 머리의 속.
> (2) 상상이나 생각이 이루어지거나 지식 따위가 저장된다고 믿는 머리 안의 추상적인 공간.
> (3) 『의학』 머리뼈의 안쪽에 뇌가 차 있는 공간. =머리뼈안.

표준어는 '머리속'이 아니라 '머릿속'입니다. '머릿결', '머릿수

건', '머릿고기'처럼 사이시옷을 받쳐 적어야 맞습니다. 그렇다고 '머리-'가 붙은 모든 합성어에 사이시옷을 넣어야 하는 것은 아니므로 그때그때 국어사전을 가까이 두고 찾아보며 도움을 얻길 바랍니다.

👁 관용구 여겨보기

'머릿속'과 관련된 관용구를 소개합니다.

머릿속에 그리다

마음속으로 생각하다.

- 제 꿈은 가수인데 꿈을 이룰 날을 날마다 머릿속에 그려봅니다.

머릿속이 비다

지각이나 소견이 없다. =머리가 비다.

모자라다와 모자르다

몸이 열 개라도 **모자란** 일상은 어떨까요? 꼭 인기 많은 연예인이나 바쁜 사업가의 이야기를 꺼내지 않아도 어린아이를 키우는 부모들의 하루하루가 바로 그런 일상이 아닐까 싶습니다.

여기서 몸이 열 개라도 '**모자란**' 일상을 '모자른' 일상이라고 표현하면 그건 틀립니다. 또 '모지라다'라고 쓰는 것도 바르지 않습니다. '**모자라다**'를 활용해서 쓸 때도 틀리지 않도록 유의해야 합니다.

  모자라다, 모자란, 모자라니 [○]
  모자르다, 모자른, 모자르니, 모지라니 [×]

사전에는 뜻풀이뿐 아니라 활용형도 자세히, **모자라지** 않게 나와 있으니까요. 헷갈리는 우리말은 사전을 찾아보면 쉽게 도움을 얻을 수 있을 겁니다.

무르팍과 무릎팍

가슴의 판판한 부분을 속되게 이르는 말은 '가슴팍'입니다. 그렇다면 무릎을 속되게 이르는 말은 무엇일까요? 무릎팍일까요? 정답은 **'무릎팍'이 아니라 '무르팍'**입니다. 무릎을 팍 친다는 뜻으로 쓸 거라면 '무릎'과 '팍'을 떼어서 '무릎 팍'으로 표기할 수 있습니다.

'무르팍'은 '무릎'에 접미사 '-악'이 붙은 꼴인데요. 시기에 따른 어형 변화를 살펴보면 19세기 문헌에서는 '무릎팍'이었던 것이 '무릎학' 등으로 나타나다가 20세기 이후 '무르팍'이 된 것을 알 수 있습니다.

◉ **우리말 여겨보기** ⟶

　'무르팍'의 준말은 '물팍'입니다. 함께 알아두면 좋을 말로 다리를 굽혀 무릎을 꿇고 걷는 걸음을 뜻하는 '무릎걸음'과 이를 속되게 이르는 말인 '무르팍걸음'도 있습니다.

벌게지다와 벌개지다,
빨개지다와 빨게지다

더우면 얼굴이 벌개질까요? 벌게질까요? 부끄러워서 얼굴이 빨게지는 걸까요? 빨개지는 걸까요? 정답은 벌게지고, 빨개지는 겁니다. '벌게지다'는 '벌겋다'에 '-어지다'가 붙은 것이고, '빨개지다'는 '빨갛다'에 '-아지다'가 붙은 것입니다. '벌개지다'나 '빨게지다'로 잘못 표기하지 않도록 유의해야 합니다.

그런데 벌게지고 빨개지는 것만 있는 건 아닙니다. 우리말은 거센말, 센말, 큰말, 작은말, 여린말 따위로 다양하게 쓸 수 있는 것이 특징입니다. '벌게지다'는 '발개지다'의 큰말이고, '빨개지다'는 '발개지다'의 센말입니다. 또 '빨개지다'의 큰말인 '뻘게지다'도 있습니다. 아는 낱말이 많을수록 주어진 상황에 따라 적절하게 활용할 수 있겠죠?

외국어를 배울 때 다양한 말을 쓰겠다고 단어를 열심히 외우면서 국어사전에 있는 여러 우리말 표현들은 제쳐두고 평소 쓰는 말만 쓰고 있진 않은지 한번 생각해보면 좋겠습니다.

"모자를 안 썼더니 얼굴이 벌게졌어."

"(얼굴을 보더니) 아니야, 이건 뻘게진 건데?"

대화 속 우리말, 비슷하지만 살짝 말맛이 다르죠? 한국인이라면 철석같이 그 미묘한 차이를 알아들을 수 있을 겁니다.

벌겋게 되다는 뜻의 벌게지다, 뻘겋게 되다는 뜻의 뻘게지다, 발갛게 되다는 뜻의 발개지다, 빨갛게 되다는 뜻의 빨개지다. 영어 단어 외우듯 모두 머릿속에 넣어두고 일상생활에서 유용하게 쓰시길 바랍니다.

◉ **우리말 여겨보기** ··

거센말

어감을 거세게 하기 위하여 거센소리를 쓰는 말. '감감하다'에 대한 '캄캄하다', '저벅저벅'에 대한 '처벅처벅' 따위이다.

센말

뜻은 같지만 어감이 센 느낌을 주는 말. 예사소리 대신에 된소리를 쓴다. '달각달각'에 대한 '딸깍딸깍', '졸졸'에 대한 '쫄쫄', '단단하다'에 대한 '딴딴하다' 따위이다.

큰말

단어의 실질적인 뜻은 작은말과 같으나 표현상 크고, 어둡고, 무겁고, 약하게 느껴지는 말. '살랑살랑'에 대한 '설렁설렁', '촐촐'에 대한 '철철', '생글생글'에 대한 '싱글싱글' 따위이다.

작은말

단어의 실질적인 뜻은 큰말과 같으나 표현상의 느낌이 작고, 가볍고, 밝고, 강하게 들리는 말. '누렇다'에 대한 '노랗다', '물렁물렁'에 대한 '말랑말랑' 따위가 있다.

여린말

어감이 세거나 거세지 아니하고 예사소리로 된 말. '깜깜하다'에 대한 '감감하다', '짤까닥'에 대한 '잘가닥' 따위이다.

본뜨다와 본따다

▶ 한글을 본딴 건축물이 있다. [×]
▶ 고양이의 몸동작을 본딴 춤이었다. [×]

위 예문에서 '본딴'은 바르지 않습니다. 무엇을 본보기 삼아 그대로 좇아 하다, 이미 있는 대상을 본으로 삼아 그대로 좇아 만들다의 뜻을 담은 우리말은 '본뜨다'입니다. '본뜨다'는 '본떠'와 '본뜬' 등으로 활용하기 때문에 예문을 바르게 고치면 다음과 같습니다.

▶ 한글을 본뜬 건축물이 있다.
▶ 고양이의 몸동작을 본떠 만든 춤이었다.

지금 읽고 계신 이 책은 MBC「우리말 나들이」방송 내용을 본떠 읽기 쉽도록 새로 쓴 것입니다.

봬요와 뵈요

▶ **오랫만에 뵈요!** [✕]

이 문장에서 잘못된 맞춤법이 한 개라고 생각하셨다면 그건 틀립니다. 어떤 일이 있은 때로부터 긴 시간이 지난 뒤를 일컫는 말은 '오래간만'인데요. '오래간만'의 준말은 '오랫만'이 아니라 '오랜만'입니다. 고쳐볼까요?

▶ **오랜만에 뵈요!** [✕]

'오랜만'으로 고쳤지만 아직도 바르지 않은데요. **'뵈요'가 아니라 '뵈어요'가 맞습니다.** 웃어른을 대하여 보다의 뜻을 담은 우리말, 기본형은 '뵈다'입니다. 사전을 찾아보면 '뵈어(봬)', '뵈니'로 활용되는 것을 알 수 있는데요. **'뵈다'의 활용형인 '뵈어', '뵈었다'를 줄인 말은 '봬', '뵀다'입니다.** 'ㅚ' 뒤에 '-어', '-었-'이 어울려 'ㅙ', 'ㅙㅆ'으로 될 적에도 준 대로 적는다는 규정(한글 맞춤법 제35항)에 따른 것이니 '봬요'라고 쓸 자리에 '뵈요'라고 잘못 쓰지 않도록 합니다.

▶ 멀리 바다가 뵈는 집.

▶ 몸이 아파 눈에 뵈는 게 없다.

한 가지 더, '보이다'의 준말로 '뵈다'를 쓸 땐 '뵈'가 맞습니다. 이때 '뵈'를 풀어서 쓰면 '보이', 그러니까 '바다가 뵈는'과 '바다가 보이는', '눈에 뵈는 게 없다'와 '눈에 보이는 게 없다'가 같은 말임을 알 수 있습니다.

사그라들다와 사그러들다

▶ **화가 사그러들지가 않아.** [×]

아무리 화가 나는 일이 있어도 우리말은 바르게 쓰면 좋겠죠. 바른 우리말은 '화가 사그러들지가 않아'가 아니라 **'화가 사그라들지가 않아'**입니다. 예전에는 '사그라들다' 대신 '사그라지다'로 쓰도록 했으나, 2014년 표준어 추가 사정안 발표 이후부터 '사그라들다'도 표준어가 되어 지금은 둘 다 쓸 수 있습니다.

사그라들다
삭아서 없어져 가다.

사그라지다
기운이나 현상 따위가 가라앉거나 없어지다.

'불길이 사그라지다', '햇빛이 사그라지다', '끓어올랐던 울분이 점차 사그라졌다'처럼 쓰이는 우리말은 '사그라지다'입니다. '사그라들다'는 삭아서 없어지는 상태가 계속 진행됨을 나타낸

다는 점에서 '사그라지다'와 조금 다르다는 점, 기억하세요.

·······································

　　비슷한 우리말을 살펴볼까요? 삭아서 없어지게 하다는 뜻의 '사그라뜨리다/사그라트리다', 다 삭아서 못 쓰게 된 물건을 뜻하는 '사그랑이', 다 삭은 주머니라는 뜻으로 겉모양만 남고 속은 다 삭은 물건을 이르는 '사그랑주머니'가 있습니다.

사달이 나다와 사단이 나다

'**사달이 났다**'고 표현해야 맞는데 '사단이 났다'고 잘못 쓰거나 말하는 경우가 많습니다. 바로잡아볼까요?

'사단事端'은 사건의 단서나 일의 실마리를 뜻하고 '사달'은 사고나 탈을 뜻합니다. 예를 들어 두 사람이 어떤 말 한마디 때문에 서로 오해가 생겨 관계가 틀어졌다면 다음과 같이 표현할 수 있습니다.

▶ **사소한 말이 사단이 되어 사달이 났다.**

이 문장을 기억해두면 '사단'과 '사달', 헷갈리지 않겠죠? 한자어인 '사단'과 달리 '사달'은 순우리말로, '일이 꺼림칙하게 되어 가더니만 결국 사달이 났다'처럼 쓰입니다. 최근에 사달이 났던 일을 떠올…… 아닙니다. 속상한 일은 다시 떠올리지 맙시다.

시답잖다와 시덥잖다

마음에 차거나 들어서 만족스럽다는 뜻의 '시답다'라는 말이
있습니다. 그래서 볼품이 없어 만족스럽지 못하다의 뜻을 담은
표준어도 '시답잖다'가 맞습니다. 일상에서는 흔히 '시덥잖다'
로 잘못 쓰이죠?

▶ 그는 내 제안을 시답잖게 여기는 듯했다.
▶ 그는 내 제안을 언짢게 여기는 듯했다.

'시답잖다'와 비슷한 말로 마음에 들지 않거나 좋지 않다는 뜻
의 '언짢다'가 있는데요. '언짢다'와 혼동해서 '시답짢다'로 표
기하는 것도 바르지 않습니다. 표준어는 '시답잖다', 그리고 '언
짢다'입니다.

시시덕거리다와 히히덕거리다

웃음소리를 표현할 때 '히히'를 써서인지 틀리기 쉬운 우리말이 있습니다. 실없이 웃으면서 조금 큰 소리로 계속 이야기하다의 뜻을 담은 말은 '히히덕거리다'가 아니라 **'시시덕거리다'**입니다. 친구와 전화로 히히덕거리는 게 아니라 **시시덕거린다**고 해야 바른 표현입니다. 같은 말로 '시시덕대다'도 있습니다.
'시시덕거리다'와 함께 알아두면 좋은 다양한 우리말을 살펴볼까요?

시시덕시시덕하다
실없이 웃으면서 조금 큰 소리로 자꾸 이야기하다.

새새덕거리다
조금 실없이 웃으면서 계속 떠들썩하게 이야기하다.

새새덕새새덕하다
조금 실없이 웃으면서 자꾸 떠들썩하게 이야기하다.

시시닥거리다

실없이 웃으면서 조금 작은 소리로 계속 이야기하다.

시시닥시시닥하다

실없이 웃으면서 조금 작은 소리로 자꾸 이야기하다.

애당초와 애시당초

한 SNS에서 해시태그 #애시당초를 검색했더니 5천 개가 넘는 관련어가 나왔습니다. 또 어떤 매체보다도 정확한 우리말을 써야 하는 뉴스 기사에서도 종종 이 말을 찾아볼 수 있었는데요. 하지만 '애시당초'는 애당초 표준어가 아닙니다.

애당초

일의 맨 처음이라는 뜻으로, '당초'를 강조하여 이르는 말.

- 그런 일은 애당초에 거절을 했어야지.

'당초當初'는 일이 생기기 시작한 처음을 뜻하는 말로, 이를 강조해 이르는 말이 바로 '애당초'입니다. 표준어 '애당초'를 SNS에서 찾아보면 백여 개가 넘는 해시태그가 나오는데요. 표준어보다 비표준어가 온라인에서 더 많이 쓰인다는 이야기겠죠? **표준어는 '애시당초'가 아니라 '애당초', '당초', '애초'입니다.**

어쭙잖다와 어줍잖다

'어쭙잖다'와 '어줍잖다'는 「우리말 나들이」 방송에서 자주 다룬 내용이지만 여전히 흔히 틀리기 쉬운 우리말입니다.

비웃음을 살 만큼 언행이 분수에 넘치는 데가 있거나 아주 서투르고 어설플 때, 또는 아주 시시하고 보잘것없을 때 쓰는 우리말 **'어쭙잖다'를 종종 '어줍잖다'로 잘못 쓰는데요. 표준어는 '어쭙잖다'입니다.** 북한에서는 '어줍잖다'라고 하지만, 북한말을 하려는 게 아니라면 표준어는 '어쭙잖다'인 걸 기억하세요. 이와 더불어 발음 [어쭙짠타] 때문에 '어쭙짢다'라고 잘못 표기하지 않도록 합니다.

표준어는 '어쭙잖다'이지만 사전에 표제어 '어줍다'도 있습니다. '어줍-'이 붙은 다양한 우리말을 살펴볼까요?

> **어줍다**
>
> (1) 말이나 행동이 익숙지 않아 서투르고 어설프다.
>
> (2) 몸의 일부가 자유롭지 못하여 움직임이 자연스럽지 않다.
>
> (3) 어쩔 줄을 몰라 겸연쩍거나 어색하다.

어줍대다

자꾸 어줍게 굴다.

어줍살스럽다

보기에 어줍은 태도가 있다.

어줍게 행동하든 어쭙잖게 행동하든, 서투르고 어설픈 건 마찬
가지이겠네요.

엉큼하다와 응큼하다

일상에서 '엉큼하다'는 표현을 종종 쓰곤 하는데요. 형용사 '엉큼하다'는 엉뚱한 욕심을 품고 분수에 넘치는 것을 하고자 하는 태도가 있다, 보기와는 달리 실속이 있다의 두 가지 뜻으로 아래와 같이 쓰입니다.

> ▸ **엉큼한 욕심이 있어서 그런 건 아닙니다.**
> ▸ **말없이 일을 엉큼하게 해냈다.**

그런데 '엉큼하다'를 '응큼하다'로 잘못 쓰는 일이 흔합니다. 응큼하다고 하면 왠지 엉큼한 것보다 음흉하게 또는 의뭉스럽게 느껴지기도 해서 일상생활에서는 틀린 줄 모르고 흔히 쓰이는데요. 바른 표현은 '**응큼한**' 게 아니라 '**엉큼한**' 것, '**응큼하다**'가 아니라 '**엉큼하다**'입니다.

이와 함께 참고하면 좋을 말로 '엉큼하다'의 작은말 '앙큼하다'도 있습니다.

앙큼하다

(1) 엉뚱한 욕심을 품고 깜찍하게 분수에 넘치는 짓을 하고자 하는 태도가
있다.

(2) 보기와는 달리 품위가 있거나 실속이 있다.

여태껏과 여지껏

▶ **여태 안 왔어?**

▶ **입때 안 왔어?**

'여태'와 같은 말로 지금까지, 또는 아직까지의 뜻을 담은 우리 말 '입때'가 있습니다. 둘 다 같은 말인데요. '입때'는 '이'와 '때' 가 결합한 말이지만 '이때'로 적지 않고 '입때'로 적어야 맞습 니다. 또 **'여태'를 강조하는 말이 '여태껏'**이듯, '입때'를 강조하 는 말 '입때껏'도 있는데요. 이를 '여직'이나 '여직껏', '여지껏' 으로 쓰는 것은 바른 표현이 아닙니다.

옥에 티와 옥의 티

사극인데 배경에 신축 아파트가 보인다거나, 90년대 배경의 드라마인데 당시에는 출시되지 않은 최신형 휴대전화가 등장할 때 '옥에 티'라고 하죠. 이 표현은 원래 속담입니다.

옥에 티

나무랄 데 없이 훌륭하거나 좋은 것에 있는 사소한 흠을 이르는 말.

옥에도 티가 있다

아무리 훌륭한 사람 또는 좋은 물건이라 하여도 자세히 따지고 보면 사소한 흠은 있다는 말.

옥에는 티나 있지

옥에는 티가 있으나 그런 티조차 없다는 뜻으로, 행실이 결백하여 흠이 없거나 완전무결함을 비유적으로 이르는 말.

사전에서 표제어 '옥'을 찾으면 함께 살펴볼 수 있는 속담 세 가지인데요. 이때 '옥에 티'를 '옥의 티'라고 쓰면 바르지 않습니다.

문법의 구성을 따진다면 체언을 꾸미는 맥락이므로 '의'가 맞
겠지만, 나무랄 데 없이 훌륭하거나 좋은 것에 있는 사소한 흠
을 이르는 말을 뜻할 때는 속담으로 굳어진 '옥에 티'를 쓰기 때
문입니다.

우리다와 울구다

▶ 멸치를 오랫동안 울궈 국물을 만들었다. [×]
▶ 사기꾼들이 회사에서 돈을 울궈먹고 도망갔다. [×]

위 예문에서 '울궈', '울궈먹고'는 바른 표현이 아닙니다. 어떤 물건을 액체에 담가 맛이나 빛깔 따위의 성질이 액체 속으로 빠져나오게 하다, 꾀거나 위협하거나 하여 물품 따위를 취하다의 뜻을 담은 표준어는 '**우리다**'입니다. 우리말 '우리다'는 '울구어(울궈)'가 아니라 '우리어(우려)', '우리니', '우리어서(우려서)' 등으로 활용할 수 있습니다. 멸칫국물은 **우려서** 만드는 거고, 사기꾼들은 회사를 **우리고** 도망간 겁니다.

◉ 우리말 여겨보기 ┄┄┄┄┄┄┄┄┄┄┄┄┄┄┄┄┄┄┄┄┄┄┄┄┄┄┄┄┄┄┄┄┄┄┄┄┄┄┄

동음이의어 '우리다'도 있습니다. 더운 볕이 들다, 달빛이나 햇빛 따위가 희미하게 비치다의 뜻으로 '바닥에 볕이 우린다', '달빛이 우려서 앞이 잘 안 보였다'처럼 씁니다.

욱여넣다와 우겨넣다

억지를 부려 제 의견을 고집스럽게 내세우는 걸 뜻하는 우리말 '우기다'와 발음이 같아서일까요? 안 받겠다는 용돈을 가방에 '우겨' 넣으시는 부모님이 그립다는 말에서 '우겨'는 바르지 않습니다. 부모님이 정말 고집스럽게 억지로 넣었다면 '우겨' 넣은 거라고 우길 순 있겠지만 표준어는 **'욱여넣다'**입니다.

욱여넣다

주위에서 중심으로 함부로 밀어 넣다.

- 알밤을 주머니에 욱여넣다.

- 그는 원서를 가방에 욱여넣었다.

'욱여-'가 붙은 우리말을 더 알아볼까요? 주위에서 중심 쪽으로 모여들다는 뜻의 '욱여들다'도 있고 한가운데로 모아들여서 둘러싸다, 또는 가의 것을 욱이어 속의 것을 싸다는 뜻의 '욱여싸다'도 있습니다. 이러한 말들은 동사 '욱이다'를 알아두면 표기를 틀리지 않을 텐데요. '욱이다'는 '욱다'의 사동사로, 안쪽으로 조금 우그러지게 하다는 뜻입니다.

'욱이다'의 작은말로 '옥이다'도 있습니다. 안쪽으로 조금 오그라져 있게 만들다는 뜻으로, '옥여쥐다'는 오그라질 듯이 힘껏 쥐다의 의미를 담고 있습니다.

.

움츠러들다와 움추러들다

불안한 마음이 들 때 목덜미가 저절로 움츠러들기도 하는데요. 이처럼 몸이나 몸의 일부가 몹시 오그라져 들어가거나 작아지다, 겁을 먹거나 위압감 때문에 기를 펴지 못하고 몹시 주눅이 들다를 뜻하는 표준어는 '**움츠러들다**'입니다. 그런데 '움추러들다'로 잘못 표기하는 일이 많죠?

신체적으로 오그라져 작아지는 것도, 정신적으로 겁을 먹거나 억눌리는 느낌도 움츠러든다고 표현할 수 있는 것이 흥미로운데요. 일상에서 흔히 쓰는 '움츠러들다' 말고 더 다양하게 우리말을 활용하고 싶다면 '옴츠러들다'를 추천합니다. '옴츠러들다'는 세 가지 뜻을 담고 있습니다.

옴츠러들다

(1) 몸이나 몸의 일부가 오그라져 들어가거나 작아지다.

(2) 겁을 먹거나 위압감 따위로 주눅이 들거나 생각, 행동 따위가 다소 소심해지다.

(3) 물결, 불, 소리 따위가 잦아들다.

'움츠러들다'와 뜻이 같은 것도 있고, 비슷하지만 미묘하게 살짝 다른 것도 있고, 아예 새로운 뜻도 있으니 더불어 기억해두면 좋겠네요.

원체와 원채

어떤 낱말은 명사이기도 하고 부사이기도 한데요. 한자어 '원체元體'도 그렇습니다. 명사로 쓰일 땐 으뜸이 되는 몸이란 뜻을 담고 있고, 부사일 땐 두 가지 뜻으로 쓰입니다. 함께 살펴볼까요?

> **원체**
>
> (1) 두드러지게 아주. =워낙.
>
>   - 원체 일을 잘해서 걱정하지 않는다.
>
> (2) 본디부터. =워낙.
>
>   - 원체 짜증이 많은 사람이다.

그런데 이 '원체'의 표기를 틀릴 때가 있습니다. '원체'는 한자 으뜸 원元, 몸 체體를 쓰기 때문에 '원체'가 맞지만 '원채'로 잘못 쓰는 일이 잦은데요. **한자어 '원체'는 순우리말 '워낙'과 같은 뜻이니** '원체'를 쓸 자리에 '워낙'을 써도 괜찮습니다.

잇따른과 잇딴

뜻도 비슷하고 표기도 비슷해서 헷갈리기 쉬운 우리말이 있습니다. '잇달다'와 '잇따르다'가 그런데요.

> ▶ 유권자들이 잇달다.
> ▶ 추모 행렬이 잇따르다.

'잇달다'와 '잇따르다' 둘 다 맞는 표기로, 두 가지 뜻이 있습니다. 어떤 물체가 다른 물체의 뒤를 이어 따르다, 또는 다른 물체에 이어지다의 뜻일 땐 '공연장에 팬들이 잇달아/잇따라 몰려들었다'처럼 쓰고, 어떤 사건이나 행동 따위가 이어 발생하다의 뜻일 땐 '범죄 사건이 잇달아/잇따라 발생했다'처럼 씁니다.

잇달다
활용 잇달아, 잇다니, 잇다오, 잇단

잇따르다
활용 잇따라, 잇따르니

사전에서 표제어를 찾아보면 어떻게 활용해서 쓰는지 알 수 있습니다. '잇달다'와 '잇따르다'의 관형사형은 각각 '잇단'과 '잇따른'으로, **'잇따른'을 '잇딴'으로 쓰는 건 틀립니다.** '잇딴 사고로 인해 거래가 정지되었다'는 말은 **'잇따른** 사고로 인해 거래가 정지되었다'로 고쳐 써야 맞습니다.

'잇달다', '잇따르다'와 더불어 '연달다'도 표준어입니다. 한 가지 의미를 나타내는 형태 몇 가지가 널리 쓰이며 표준어 규정에 맞으면, 그 모두를 표준어로 삼는다는 규정(표준어 사정 원칙 제26항)에 따른 것이니 함께 알아두면 좋겠죠?

지르밟다와 즈려밟다

'사뿐히 즈려밟고 가시옵소서'라는 시구가 있습니다. 한국인이라면 누구나 들어봤을 김소월 시인의 「진달래꽃」 중 일부인데요. 1920년대 작품 속 시어는 '즈려밟다'이더라도 **현재 표준어는 '지르밟다'입니다.**

위에서 내리눌러 밟다는 뜻의 우리말 '지르밟다'뿐 아니라 눈을 찌그리어 감다는 뜻의 '지르감다'도 있고, 지르듯이 꽂거나 박다는 뜻의 '지르끼다', 지지르듯이 내리누르다는 뜻의 '지르누르다'도 있습니다. 또 아랫니와 윗니를 꽉 눌러 물다는 뜻의 '지르물다', 눈을 부릅뜨고 보다는 뜻의 '지르보다', 신이나 버선 따위를 뒤축이 발꿈치에 눌리어 밟히게 신다는 뜻의 '지르신다', 옷 따위에서 더러운 것이 묻은 부분만을 걷어쥐고 빨다는 뜻의 '지르잡다'도 있는데요. 모두 '즈려-'가 아니라 '지르-'가 맞습니다.

쩨쩨하다와 째째하다

마음 씀씀이가 좁고 쩨쩨한 사람을 '소인물 小人物'이라고 합니
다. 쩨쩨한 수단이나 방법은 '꼼수', 행동이나 말 따위가 쩨쩨하
고 남부끄러운 건 '치사하다', 좀스럽고 쩨쩨한 건 '시시하다'고
합니다. 이 낱말들 모두 뜻풀이에 '쩨쩨하다'가 들어 있는데요.
표준어 '쩨쩨하다'를 '째째하다'로 쓰면 틀리겠죠? 너무 적거나
하찮아서 시시하고 신통치 않다, 사람이 잘고 인색하다는 뜻의
표준어는 '쩨쩨하다'입니다.

◉ 우리말 여겨보기

쩨쩨한 사람과 반대로 도량이 넓고 관대한 사람을 흔히 '대인배大人
輩'라고 합니다. 표제어는 아니지만 일상에서 흔히 쓰이죠? 그런데
여기서 '배'는 한자 무리 배輩로, 단 한 명을 이르는 말로 쓰이기는
어렵습니다. 마음 씀씀이가 좁고 간사한 사람들이나 그 무리를 이
르는 말이 '소인배小人輩'인 것처럼, 걸핏하면 폭력을 행사하는 무
리를 뜻하는 '폭력배暴力輩'처럼 말이죠.

추스르다와 추스리다

'추슬르다', '추슬리다', '추스리다' 따위로 쓰면 틀리는 우리말 '추스르다'. 사전을 보면 세 가지 뜻을 담고 있습니다.

추스르다

활용 추슬러, 추스르니

(1) 추어올려 다루다.

(2) 몸을 가누어 움직이다.

(3) 일이나 생각 따위를 수습하여 처리하다.

그래서 '업고 있던 아이를 **추스르다**', '며칠째 몸도 못 **추스르고** 누워 있는 어머니를 간호했다', '복잡한 생각을 **추스르기** 위해 여행을 떠났다'처럼 다양하게 쓸 수 있습니다. 업고 있던 아이를 추슬르거나, 몸을 추슬리기 힘든 어머니를 간호하거나, 복잡한 생각을 추스리려고 여행을 떠나면 안 되니까요. 표준어 '추스르다'를 잘 기억해두면 좋겠죠?

치고받다와 치고박다

▶ **어제 치고받고 싸우는 거 봤어?**

표준어 '치고받다'가 오히려 어색하게 느껴질 정도로 비표준어 '치고박다'가 널리 쓰이는데요. 서로 말로 다투거나 실제로 때리면서 싸우다의 뜻을 담은 우리말은 '치고받다'입니다. 한 단어이기 때문에 '치고'와 '받다'를 띄어서 쓰지 않고 붙여서 써야 바릅니다.

우리말 '받다'는 '차가 벽을 받고 망가졌다', '아이가 엉덩이를 받아 크게 다쳤다'처럼 머리나 뿔 따위로 세차게 부딪치다는 뜻이 있습니다. 비슷한 말로 '들이받다'도 있죠? 머리를 들이대어 받다, 함부로 받거나 부딪다의 뜻으로 '머리를 기둥에 들이받았다', '드론이 유리창을 들이받고 추락했다'처럼 쓰입니다.

'박다'는 두들겨 치거나 틀어서 꽂히게 하다의 뜻으로 '벽에 못을 박다'처럼 쓰이거나, 또는 머리 따위를 부딪치다의 뜻으로 '문에 머리를 쿵 박았다'처럼 쓰입니다. 하지만 **'치고박다'라는 우리말은 없으므로 '치고받다'라고 써야 맞습니다.**

'받는 소는 소리치지 않는다'라는 속담이 있습니다. 능히 할 수 있는 능력을 가진 사람은 공연한 큰소리를 치지 않음을 비유적으로 이르는 말입니다.

치르다와 치루다

영화 속 등장인물은 "아파트 잔금 치루셨죠?"라고 말하는데, 자막은 "아파트 잔금 치르셨죠?"라고 나옵니다. 어떤 게 맞을까요? 네, 자막이 맞습니다. 표준어에 '치루다'는 없습니다.

'치르다'는 '치러', '치르니'로 활용하기 때문에 '시험을 잘 치뤘다'가 아니라 '시험을 잘 치렀다'라고 써야 맞습니다. 기본형이 '치르다'이므로 '치르-'+'-었-'을 '치뤘-'으로 쓰면 바르지 않죠? '치뤘-'이 맞으려면 기본형이 '치루다'여야 합니다.

'시험을 치르다', '잔치를 치르다', '장례식을 치르다'처럼 '치르다'에는 무슨 일을 겪어내다는 뜻도 있고 '물건값을 치르다', '아파트 잔금을 치렀다'처럼 주어야 할 돈을 내주다의 뜻도 있습니다. 또 '아침을 치르고 출근을 했다'처럼 아침, 점심 따위를 먹다의 뜻도 있는데요. 이렇게 아침을 치르고 일을 나가 돈을 벌어서 잔금을 치러야 하는 일상이지만 끈질기게 견디다 보면 축하 잔치를 치르는 날도 오니까요. 우리 모두 힘내자고요!

케케묵다와 캐캐묵다

사전에서 '캐캐-'로 시작하는 낱말을 찾아봤더니 0개였습니다. 그리고 '케케-'로 시작하는 낱말을 찾아봤더니 단 한 개가 나왔는데요. 바로 '케케묵다'입니다.

케케묵다

(1) 물건 따위가 아주 오래되어 낡다.

- 케케묵은 장롱.

(2) 일, 지식 따위가 아주 오래되어 시대에 뒤떨어진 데가 있다.

- 케케묵은 이야기를 꺼내다.

한 SNS에서 해시태그 #캐캐묵은과 #케케묵은을 찾아봤는데 비슷한 개수가 나왔습니다. 바른 표현인 #케케묵은이 더 많아지면 좋겠죠? 표준어 규정이 공표된 1988년 이전에는 '켸켸묵다'로 썼었다고 하는데요. 현재는 '켸켸묵다'는 비표준어이고 '케케묵다'만 맞습니다. 이는 일부 단어의 경우, 모음이 단순화한 형태를 표준어로 삼는다는 표준어 사정 원칙 제10항에 따른 것입니다.

쾨쾨하다와 퀘퀘하다

한 SNS에서 해시태그 #퀘퀘-를 찾아봤습니다. #퀘퀘한 #퀘퀘한
냄새 #퀘퀘한옷장냄새 #퀘퀘한공기 #퀘퀘한곳 #퀘퀘한스멜 #퀘퀘한
매연 #퀘퀘한집 #퀘퀘한지하 등 다양하게 쓰이고 있는데요. 어쩌
죠? 퀘퀘한 게 아니라 쾨쾨한 겁니다.

쾨쾨하다

상하고 찌들어 비위에 거슬릴 정도로 냄새가 고리다.

– 방에 들어서자 쾨쾨한 곰팡이 냄새가 코를 찔렀다.

형용사 '쾨쾨하다'의 발음은 [쾨쾨하다]와 [퀘퀘하다] 둘 다 가
능하지만 발음이 표기와 같지는 않습니다. 바른 표준어 표기는
'퀘퀘하다'가 아니라 '쾨쾨하다'입니다.

해시태그 #쾨쾨-도 찾아봤는데요. #쾨쾨한 #쾨쾨한냄새 #쾨쾨한
방 #쾨쾨한황사 #쾨쾨한나 #쾨쾨한된장 등이 보이는 건 긍정적으
로 느껴집니다. '쾨쾨하다'라고 바르게 알고 있는 사람들도 있
다는 것이니까요.

'쾨쾨하다'와 더불어 우리말 '퀴퀴하다'도 있습니다.

퀴퀴하다

상하고 찌들어 비위에 거슬릴 정도로 냄새가 구리다.

– 장마철에는 집 안 곳곳에서 퀴퀴한 냄새가 난다.

파투와 파토

어떤 일을 하다가 제대로 끝나지도 않았는데 중간에 판을 엎을 때가 있죠? 이처럼 일이 잘못되어 흐지부지됐을 때 쓰는 말, 많은 사람들이 '파토'가 났다고 하지만 정확한 표준어는 '파투破鬪'입니다. 흔히 화투 놀이에서 장수가 부족하거나 순서가 뒤바뀔 때 그 판을 파한다, 즉 뒤엎는다는 뜻으로 하는 말입니다. **파토가 아니라 파투**, 기억하세요.

👁 **사자성어 여겨보기** ···

화투 놀이에서 온 '파투'처럼 놀이판에서 온 말이 또 있는데요. 바로 '낙장불입落張不入'입니다. 판에 한번 내어놓은 패는 물리기 위해 다시 집어 들이지 못함을 뜻하는 사자성어로, 한번 내린 결정이나 행동은 되돌릴 수 없다는 의미로 쓰입니다.

하고많다와 허구많다

어떤 과일은 금방 무르기 쉬워서 고르기 쉽지 않죠. 과일을 사 오라는 심부름에 이런 잔소리를 들을 수도 있을 겁니다.

▸ **하고많은 것 중에서 왜 하필이면 썩은 것을 골랐니?**

여기서 '하고많은'을 써야 할 자리에 '하구많은'이나 '허구많은' 을 잘못 써서 틀리는 일이 종종 있습니다. **많고 많다는 뜻을 담 은 표준어는 '하고많다'입니다.**

'하고많다'와 같은 뜻의 '하고하다'도 있는데요. 흔히 '하고한' 의 꼴로 쓰여 '하루하루가 심심해서 하고한 날 방에만 드러누워 있었다'처럼 쓸 수 있습니다. 하루하루가 심심해서 많고 많은 날 방에만 드러누워 있었다는 뜻이죠? 이때 '하고한'을 '허구헌'으 로 잘못 쓰기 쉬운데요. 이에 대한 더 자세한 이야기는 188쪽에 서 확인하실 수 있습니다.

하기야와 하기사

▶ 시험에 붙었다고? 하기사 그만큼 열심히 했잖아. 당연한 결과지. 정말 축하해. [×]

격려와 칭찬은 언제 들어도 기분이 좋죠? 그런데 여기서 '하기사'는 표준어가 아닙니다. '실상 적당히 말하자면'의 뜻으로, 이미 있었던 일을 긍정하며 아래에 어떤 조건을 붙일 때에 쓰는 접속 부사는 '하기야'입니다.

그렇다면 '하기사'는 무엇일까요? 국립국어원의 우리말샘에 따르면 '하기사'는 '하기야'의 경남 지역 방언입니다.

◉ 우리말 여겨보기

우리말샘은 국립국어원에서 운영하는 개방형 한국어 사전입니다. 누구나 쉽게 참여 가능한 디지털 사전으로 표준국어대사전에서 다루지 않는 우리말도 다양하게 찾아볼 수 있습니다.

한 끗 차이와 한 끝 차이

님이 남이 되는 것도 한순간이고 남이 님이 되는 것도 마찬가지
인 걸 흔히 볼 수 있습니다. 그러다 보니 남과 님은 한 끗 차이라
는 말을 하는데요. 여기서 '한 끗 차이'를 '한 끝 차이'로 잘못 쓰
는 일은 없어야겠습니다. 우리말 '한끝'은 명사로, 한쪽의 맨 끝
이라는 뜻을 담고 있어 다음과 같이 쓰입니다.

> ▶ **모임에서 어쩔 줄 몰라 한끝에 서 있었다.**
> ▶ **처마 한끝에 풍경이 매달려 있어서 보기 좋았다.**

'끝'과 달리 우리말 '끗'은 의존명사로, 두 가지 뜻이 있습니다.
접쳐서 파는 피륙의 길이를 나타내는 단위로 한 끗은 피륙을 한
번 접은 만큼의 길이이며, 또는 화투나 투전과 같은 노름 따위
에서 셈을 치는 점수를 나타내는 단위를 뜻합니다.

> ▶ **비단 열 끗**
> ▶ **다섯 끗 차이로 이겼다.**

실생활에서는 비단 열 끗이나 다섯 끗 차이로 이겼다는 표현보다는 아래 예문처럼 쓰이는 게 보편적입니다. 이때 '한 끗'은 한 낱말이 아니기 때문에 붙여서 쓰지 않고 '한 끗 차이'처럼 띄어서 써야 맞습니다.

▶ 한 끗 차이로 결과가 달라졌다.
▶ 한 끗 차이로 승리했다.

해롱해롱과 헤롱헤롱

일상 대화에서 헷갈려 쓰는 표현들이 많습니다. '해롱해롱'과 '헤롱헤롱'도 그중 하나인데요.

해롱해롱

(1) 자꾸 버릇없이 경솔하게 까부는 모양.

　- 해롱해롱 웃다.

(2) 술 따위를 마시고 취하여 정신이 자꾸 혼미해지고 몸을 제대로 가누지 못하는 모양.

　- 술에 취해 정신이 해롱해롱하다.

모음 'ㅔ'를 쓴 '헤롱헤롱'이 아니라 모음 'ㅐ'를 쓴 **'해롱해롱'이 표준어**입니다. '해롱-'이 붙은 말에는 '해롱거리다', '해롱대다', '해롱해롱하다'가 있는데요. 꼭 술에 취해 정신이 없고 몸을 가누지 못하는 것만 '해롱해롱'이 아니라 버릇없이 자꾸 까부는 것도 '해롱해롱'이니 알아두고 활용하면 좋겠죠?

해지다와 헤지다

닳아서 떨어지는 게 뭐가 있을까요? 해진 신발, 해진 양말, 해진 옷소매……. 여기서 우리말 '해지다'는 '해어지다'의 준말입니다. 만나고 헤어지는 건 알았어도 '해어지다'는 조금 낯설게 느껴지기도 하죠? 그런데 더 낯선 건 '해어지다(해지다)'를 '헤지다'로 잘못 쓰는 일입니다.

> **해어지다**
> 닳아서 떨어지다.
> 「준말」 해지다

'해어지다(해지다)'와 혼동해 잘못 쓰이는 우리말 '헤지다'는 알고 보면 전혀 다른 뜻을 담고 있는데요. '헤지다'는 '헤어지다'의 준말입니다.

▶ **만나면서 서로 해진 마음 때문에 결국 헤졌어.**

연인이든 친구든 지인이든, 처음엔 서로 배려하고 존중하며 만

나기 시작했더라도 서운한 감정이 쌓이면 마음이 해어지겠죠? 그리고 그 해진 마음 때문에 결국엔 헤지게(헤어지게) 될 수도 있을 겁니다.

- ▶ **친구들과 헤어져 집으로 돌아왔다.**
- ▶ **남편과 작년에 헤어졌습니다.**
- ▶ **목걸이가 끊어져 진주들이 바닥에 헤어져버렸다.**
- ▶ **피곤해서 혓바닥이 헤어졌다.**

위 예문처럼 모여 있던 사람들이 따로따로 흩어지는 것도 헤어지는 거고, 사귐이나 맺은 정을 끊고 갈라서는 것도 헤어지는 겁니다. 또 뭉치거나 붙어 있는 물체가 따로따로 흩어지거나 떨어지는 것도, 살갗이 터져 갈라지는 것도 '헤어지다(헤지다)'라고 쓸 수 있습니다.

혼꾸멍나다와 혼구멍나다

'혼나다'를 속되게 이르는 말과 '혼내다'를 속되게 이르는 말이 있습니다. 흔히 '혼구멍나다'와 '혼구멍내다'로 잘못 쓰는데요. 바른 우리말은 '혼꾸멍나다'와 '혼꾸멍내다'입니다. 구멍이 아니라 꾸멍이라는 게 어색하지만, **소리 나는 대로 표기해서 '혼꾸멍-'이 맞는 표현**이므로 잘 알아둬야겠죠?

'혼꾸녕나다'라고 쓰는 일도 있는데요. 이는 충청 지역 방언입니다. '혼꾸멍'은 홀로 쓰이지 않고 '-나다', '-내다'와 함께 쓰인다는 것도 잊지 마세요.

흐리멍덩하다와 흐리멍텅하다

머릿속이 텅 빈 것 같다는 말을 합니다. 큰 것이 속이 비어 아무 것도 없는 모양을 뜻하는 '텅'과 헷갈렸기 때문일까요? 정신이 맑지 못하고 흐리다, 기억이 또렷하지 아니하고 흐릿하다는 뜻의 우리말을 '흐리멍텅하다'로 잘못 쓰는 일이 많습니다.

흐리멍덩하다

(1) 정신이 맑지 못하고 흐리다.

(2) 옳고 그름의 구별이나 하는 일 따위가 아주 흐릿하여 분명하지 아니하다.

(3) 기억이 또렷하지 아니하고 흐릿하다.

(4) 귀에 들리는 것이 희미하다.

표준어는 '**흐리멍덩하다**'로, 작은말 '하리망당하다'도 있습니다. 흐려서 흐리멍덩한 것처럼 하려서 하리망당한 겁니다.

하리다

(1) 기억력이나 판단력 따위가 조금 분명하지 아니하다.

(2) 하는 일이 똑똑하지 못하다.

흩뜨리다와 흩트리다와 흐트리다

강조의 뜻을 더하는 접미사 '-뜨리다'와 '-트리다'는 같은 말입니다. 예를 들면 '떨어뜨리다'와 '떨어트리다'는 둘 다 맞는 표현인데요. 국립국어원 표준국어대사전의 설명을 볼까요?

'-뜨리다'와 '-트리다'는 모두 표준어이다. 이는 한 가지 의미를 나타내는 형태 몇 가지가 널리 쓰이며 표준어 규정에 맞으면, 그 모두를 표준어로 삼는다는 규정(표준어 사정 원칙 제26항)에 따른 것이다.

그래서 흩어지게 하다, 태도, 마음, 옷차림 따위를 바르게 하지 못하다의 뜻을 담은 '흩뜨리다'와 '흩트리다'도 어느 하나가 틀린 것이 아니라 둘 다 바른 표현입니다. 그런데 비슷한 표기로 헷갈려서 쓰이는 말이 있습니다. 바로 '흐트리다'인데요. 이는 틀린 표현입니다.

▶ 물건을 아무렇게나 흩뜨렸다. [O]
▶ 자세를 흩트리다. [O]
▶ 그 사람이 분위기를 흐트리고 있다. [×]

'흐트리다'는 표준어가 아니지만 사전에 '흐트러뜨리다', '흐트러트리다', '흐트러지다'는 있습니다. 모두 표준어인 가운데 '흐트리다'만 비표준어네요.

흐트러뜨리다 ≒ 흐트러트리다

(1) 여러 가닥으로 흩어져 이리저리 얽히게 하다.

(2) 옷차림이나 자세 따위를 단정하지 아니하게 하다.

(3) 정신을 산만하게 하여 집중하지 못하게 하다.

(4) 일, 기강, 분위기 따위를 혼란스럽고 무질서하게 만들다.

흐트러지다

(1) 여러 가닥으로 흩어져 이리저리 얽히다.

(2) 옷차림이나 자세 따위가 단정하지 못한 상태가 되다.

(3) 정신이 산만하여 집중하지 못하다.

(4) 일, 기강, 분위기 따위가 혼란스럽고 무질서하게 되다.

내용을 잘 익혔는지 확인해볼까요?
다음 중 한글 맞춤법에 맞는 것을 고르세요.

① 그의 목소리는 아주 높고 (가느닿다 / 가느랗다).

② 여행 가방에 짐을 (욱여넣었다 / 우겨넣었다).

③ 다리에 힘이 풀렸지만 다시 힘을 내서 결승선을 향해 발을
   (내디뎠다 / 내딛었다).

④ 자전거를 타다 넘어져서 (무릎팍이 / 무르팍이) 다 까졌어.

⑤ 잠이 덜 깨서 (흐리멍텅한 / 흐리멍덩한) 상태로 출근했다.

⑥ 친구랑 (치고받고 / 치고박고) 싸웠어.

⑦ 어제는 종일 비가 내리더니 오늘은 날이 활짝 (개여서 / 개어서)
   기분이 좋아.

⑧ (넓적한 / 넙적한) 그릇에 담은 음식을 들고 (넓다란 / 널따란)
   거실로 향했다.

⑨ 잘못한 사람이 (되려 / 되레) 큰소리를 치면 어떡해?

⑩ 방에서 (쾨쾨한 / 퀘퀘한) 냄새가 난다.

⑪ 방 청소를 제대로 안 해서 엄마한테 (혼꾸멍났어 / 혼구멍났어).

⑫ 장마철이 다가오며 (잇따른 / 잇딴) 비 소식이 들려온다.

⑬ 친구와 (히히덕거리며 / 시시덕거리며) 노느라 시간 가는 줄
몰랐다.

⑭ 해야 할 일을 (내팽개치고 / 내팽겨치고) 놀러만 다니면 어떡해?

⑮ 감기약을 먹었더니 몸살 기운이 좀 (사그러드는 / 사그라드는)
것 같아.

2장

잘못된 발음에서
이어진
틀린 표현

본문에 실린 큐알코드를 찍으면
MBC 김수지, 정영한 아나운서의 목소리로
정확한 발음을 들을 수 있습니다.

강소주와 깡소주

강된장에 비벼 먹는 맛있는 밥을 흔히 깡장 비빔밥이라고 하는데요. 여기서 '깡'이란 무엇일까요? 사실 '깡'은 '강'을 된소리로 발음한 것으로, '깡'으로 쓰고 발음하면 틀립니다. 강된장, 강참숯, 강굴(물이나 그 밖의 다른 어떤 것도 섞지 아니한 굴의 살)처럼 몇몇 명사 앞에 붙어 '다른 것이 섞이지 않고 그것만으로 이루어진'의 뜻을 더하는 접두사는 '강-'입니다. 생소주와 비슷한 말로 안주 없이 먹는 소주도 흔히 '깡소주'라고 하죠? 이 말도 **'강소주'로 쓰고 [강소주]로 발음해야 맞습니다.**

이 밖에도 접두사 '강-'에는 여러 가지 뜻이 더 있는데요. '마른' 또는 '물기가 없는'의 뜻을 더하는 접두사일 땐 강기침(마른기침)', 강더위(오랫동안 비가 오지 아니하고 볕만 내리쬐는 심한 더위)처럼 쓸 수 있습니다. '억지스러운'의 뜻을 더하는 접두사일 땐 강울음(눈물 없이 우는 울음), 강호령(까닭 없이 꾸짖는 호령)처럼 쓰고, '몹시'의 뜻을 더하는 접두사일 땐 강마르다(물기가 없이 바싹 메마르다), 강밭다(몹시 야박하고 인색하다)처럼 다양하게 쓰일 수 있으니 잘 알아두고 필요할 때 골라 쓰세요.

◉ **우리말 여겨보기** ···

어디에나 예외가 있죠? '강마르다'는 '깡마르다'로 써도 괜찮습니다. 물기가 없이 바싹 메마르다, 살이 없이 몹시 수척하다의 뜻을 담은 '강마르다'의 센말이 '깡마르다'입니다. 다만 성미가 부드럽지 못하고 메마르다의 뜻으로 '강마르다'를 쓸 땐 센말 '깡마르다'를 쓸 수 없다는 점 기억하세요.

괜스레와 괜시리

▶ 새벽부터 기다렸는데도 짜증 나게시리 품절이더라고. [×]

▶ 새벽부터 기다렸는데도 짜증 나게 품절이더라고. [○]

▶ 새벽부터 기다렸는데도 짜증 나게끔 품절이더라고. [○]

일상에서 무심코 쓰는 '짜증 나게시리'는 비표준어로, 그냥 '짜증 나게'로 쓰는 것이 더 우리말답고 깔끔합니다. 또는 '짜증 나게끔'으로 바꿀 수도 있는데요. 사전에 '-게시리'는 비표준어이고 '-게끔'이 표준어라는 내용이 있습니다. 이것은 의미가 똑같은 형태가 몇 가지 있을 경우, 그중 어느 하나가 압도적으로 널리 쓰이면 그 단어만을 표준어로 삼는다는 규정(표준어 사정 원칙 제25항)에 따른 것입니다.

▶ 괜시리 외출을 해서 돈만 왕창 썼어. [×]

▶ 괜스레 외출을 해서 돈만 왕창 썼어. [○]

▶ 공연스레 외출을 해서 돈만 왕창 썼어. [○]

이 밖에도 '-시리'를 붙여서 틀리는 경우가 더 있는데요. 바로

'괜시리'입니다. 까닭이나 실속이 없는 데가 있다는 뜻인 '**공연**
스럽다'의 준말 '**괜스럽다**'에서 온 부사는 '**괜스레**'입니다.

미처 생각할 겨를이 없이 급하게라는 뜻의 표준어 '갑작스레'
도 '갑작시리'로 쓰는 경우가 있는데요. 국립국어원 우리말샘
에 따르면 '갑작시리'는 강원, 경남, 충청, 평안 지역의 방언입
니다.

구시렁거리다와
궁시렁거리다

▶ **뭘 그렇게 궁시렁거리니?** [×]

못마땅하여 군소리를 듣기 싫도록 자꾸 하다는 뜻의 우리말을
'궁시렁거리다'로 쓰면 틀립니다. **표준어는 '구시렁거리다'로**
'구시렁대다', '구시렁구시렁하다' 등으로 활용할 수 있는데요.
작은말 '고시랑거리다'도 있어서 '고시랑대다', '고시랑고시랑
하다' 등으로 쓸 수 있습니다.

▶ **어젠 구시렁거리더니 오늘은 고시랑거린다.**

'고시랑거리다'엔 '구시렁거리다'에 없는 뜻이 하나 있습니다.
여러 사람이 작은 소리로 자꾸 말을 하다는 뜻으로 '아이들이
수업 시간에 고시랑거렸다'처럼 쓸 수 있습니다.

귀가 먹먹하다와 멍멍하다

꼭지의 제목이 '먹먹하다와 멍멍하다'가 아니라 '귀가 먹먹하다와 멍멍하다'인 이유가 있습니다. '멍멍하다'는 정신이 빠진 것 같이 어리벙벙하다는 뜻의 표준어이기 때문인데요. 하지만 귀와 함께 써서 '귀가 멍멍하다'고 표현하는 건 바르지 않습니다.

멍멍하다

(1) 정신이 빠진 것같이 어리벙벙하다.

　　- 그 소식을 듣고 한동안 멍멍한 상태였다.

(2) → 먹먹하다.

갑자기 귀가 막힌 듯이 소리가 잘 들리지 않다는 뜻의 표준어는 '먹먹하다'입니다. '먹먹하다'의 발음이 [멍머카다]이기 때문에 발음과 표기를 헷갈려서 '멍멍하다'로 잘못 쓰이는 건 아닐까요?

먹먹하다

(1) 갑자기 귀가 막힌 듯이 소리가 잘 들리지 않다.

- 산 정상에 오르자 귀가 먹먹해졌다.

(2) 체한 것같이 가슴이 답답하다.

- 그의 사고 소식을 듣고 가슴이 먹먹했다.

슬프거나 놀란 소식을 들었을 때 사람마다 반응이 달라 '멍멍하다'거나 '먹먹하다'고 표현할 수 있겠지만 그 둘은 뜻이 다릅니다. 정신이 빠진 것같이 어리벙벙할 땐 '멍멍하다'고 하고, 체한 것같이 가슴이 답답할 땐 '먹먹하다'고 표현합니다. 하지만 **귀는 '멍멍한' 게 아니라 '먹먹한' 게 맞습니다.**

귀띔과 귀띰과 귀뜸

어떤 귀띔은 일상생활에 도움이 되지만 어떤 귀띔은 비밀을 발설하는 꼴이라 문제가 되기도 합니다. 예를 들면 면접 직전에 바지 지퍼가 열려 있다고 귀띔해주면 도움이 되겠지만 괜스레 아는 척, 잘난 척을 하려고 귀띔하다가 내부 기밀 사항이 밖으로 나가게 되어 큰일이 나기도 하니까요.

'귀띔'은 상대편이 눈치로 알아차릴 수 있도록 미리 슬그머니 일깨워 줌을 뜻하는 우리말인데요. 발음이 [귀띰]이라 표기까지 잘못하는 경우가 많은데 **'귀띰'이 아니라 '귀띔'으로 표기해야 맞습니다.** 또 '귀뜸'으로 잘못 적는 일도 흔한데요. '귀띔'은 우리말 '띄다'에 'ㅁ'이 결합한 말이기에 '뜸'으로 적으면 틀립니다.

귀띔과 비슷한 말로 '귀띔질'이 있고요. 뒤에서 남몰래 귀띔하는 짓은 '뒤띔'이라고 합니다.

까슬까슬과 까실까실

▶ 이 옷은 잠옷으로 입기엔 **까실까실하다**. [×]

▶ 겨우내 추운 환경 탓에 피부가 **꺼실꺼실해졌다**. [×]

일상에서 흔히 들어봄 직한 말이지만 '까실까실'과 '꺼실꺼실'은 표준어가 아닙니다. '가슬가슬하다'보다 센 느낌을 주는 말로, 살결이나 물건의 거죽이 매끄럽지 않고 까칠하거나 빳빳하다는 뜻의 표준어는 **'까슬까슬하다'**입니다.

살결이나 물건 말고 성격도 까슬까슬할 수 있습니다. 성질이 보드랍지 못하고 매우 까다롭다는 뜻으로 '까슬까슬한 성격', '나를 항상 까슬까슬하게 대했다'처럼 쓸 수 있습니다. 비슷한 뜻으로 '까슬하다', '꺼슬꺼슬하다'가 있지만 '까실까실'이나 '꺼실꺼실'은 비표준어입니다.

이처럼 '실'로 잘못 써서 틀리는 우리말이 또 있습니다. 바로 '두루뭉실하다'인데요. 표준어는 '실'이 아니라 '술', '두루뭉술하다'입니다.

◉ **우리말 여겨보기** ┈┈┈┈┈┈┈┈┈┈┈┈┈┈┈┈┈┈┈┈┈┈┈┈┈┈┈┈┈┈┈┈

'까슬까슬한 성격'과 함께 '까칠한 성격'이라는 표현도 짚고 넘어가

볼까요? 표준어 '까칠하다'에는 성격과 관련된 뜻이 없습니다. '가

칠하다'보다 센 느낌으로, 야위거나 메말라 살갗이나 털이 윤기가

없고 조금 거칠다의 뜻을 담은 말이 '까칠하다'입니다.

깡그리와 싸그리

> ▶ 시험을 잘 보려면 시험 범위를 (깡그리/싸그리) 다 외워야 한다.
> ▶ 얼마나 배가 고팠는지 (깡그리/싸그리) 다 먹었다.

하나도 남김없이의 뜻을 담은 우리말이 있죠. 표준어로 말하고
싶다면 '싸그리'가 아닌 '깡그리'라고 해야 합니다. '싸그리'는
'깡그리'의 전남 지역 방언인데요. 그냥 들어서는 '깡그리'와
'싸그리' 중 어느 것이 표준어인지 바로 알기에 쉽진 않죠?

> ▶ 시험을 잘 보려면 시험 범위를 싹 다 외워야 한다.
> ▶ 얼마나 배가 고팠는지 싹싹 다 먹었다.

'깡그리' 대신 조금도 남기지 않고 전부의 뜻을 가진 '싹'이나
'싹싹'을 쓸 수도 있습니다. 우리말이 부사가 발달한 언어라고
하는데 정말 그런 것 같네요. 시험 범위를 싹 외워야 하고 음식
을 싹싹 먹었다고 할 순 있어도 '싸그리'는 표준어가 아니라는
것, 알아두면 좋겠죠?

날름거리다와 낼름거리다

"사진 찍을 때 혀 좀 낼름거리지 마. 낼름낼름 뱀이니?"
"저기요, 낼름이 아니거든요?"

혀, 손 따위를 날쌔게 내밀었다 들이는 모양을 뜻하는 우리말은
'날름'입니다. '날름대다', '날름거리다', '날름하다'처럼 쓸 순 있
어도 '낼름'은 비표준어입니다. '날름'과 비슷한 말로 '널름'과
'늘름'도 있습니다.

> **널름**
> 혀, 손 따위를 빠르게 내밀었다 들이는 모양.

> **늘름**
> 혀, 손 따위를 재빠르게 내밀었다 들이는 모양.

꼭 혀나 손 같은 신체에만 관련된 말은 아닙니다. '날름'의 다른
여러 가지 뜻을 살펴볼까요? 무엇을 날쌔게 받아 가지는 모양
일 때 '엄마 몰래 사탕을 날름 집어 먹었다'처럼 쓰이고, 불길이

밖으로 날쌔게 나왔다 들어가는 모양을 뜻할 땐 '불길이 날름 위로 솟았다가 들어갔다'처럼 쓸 수 있습니다. 또 날쌔게 움직이는 모양을 뜻하기도 해서 '뭐가 바쁜지 날름 가버렸다'처럼 쓰이기도 합니다.

널브러지다와 널부러지다

술에 취해 널브러진 사람을 업는 일이 보통 일이 아닌 것처럼 우리말을 제대로 쓰는 일도 보통 일은 아니죠? 널브러진 우리 말, 『우리말 나들이 어휘력 편』과 함께 일으켜보시죠.

- ▶ **방에는 잡동사니들이 널브러져 있다.**
- ▶ **땅바닥에 아무렇게나 널브러져 앉아 있었다.**

종종 우리말 '널브러지다'를 '널부러지다'로 잘못 쓸 때가 있습니다. 너저분하게 흐트러지거나 흩어지다, 몸에 힘이 빠져 몸을 추스르지 못하고 축 늘어지다의 뜻을 담은 표준어는 '널브러지다'입니다. 비슷한 말을 몇 가지 더 알아볼까요?

널브러뜨리다
너저분하게 널리 퍼뜨리다. ≒널브러트리다.

널브리다
너저분하게 흩다.

사전에 '너부러지다'도 있는데요. 힘없이 너부죽이 바닥에 까부라져 늘어지다는 뜻으로 '그는 지친 얼굴로 방바닥에 그냥 너부러졌다'처럼 쓸 수 있습니다. 그러니까 '널브러지다'와 '너부러지다'는 맞아도 '널부러지다'는 비표준어라는 것, 기억해두면 좋겠죠?

네댓과 너댓

넷이나 다섯쯤 되는 수를 나타내는 말은 무엇일까요? 그동안 '너댓'으로 잘못 썼다면 앞으로는 바르게 '네댓'으로 써야 맞습니다.

▶ **아이들 너더댓이 모여서 놀았다.**

그러면 '너더댓'은 어떨까요? '너댓 명'은 바르지 않아도 '너더댓', '네댓', '너덧', '네다섯'은 모두 사용할 수 있는 바른 표현입니다. 관형사로 쓰일 땐 띄어쓰기에 주의해야 하는데요. '너더댓명', '너더댓개', '너더댓마리'가 아니라 '너더댓 명', '너더댓 개', '너더댓 마리'로 단위와는 띄어 써야 맞습니다.

👁 **우리말 여겨보기**

하나둘부터 열댓까지, 'ㅇㅇ쯤 되는 수'를 뜻하는 말을 정확히 알아볼까요?

1-2: 하나둘, 한둘

2-3: 두세, 두셋

2-4: 두서너, 두서넛

3-4: 서너, 서넛

4-5: 네다섯, 네댓, 너더댓, 너덧

5-6: 대여섯, 대엿

6-7: 예닐곱

7-8: 일고여덟, 일여덟

8-9: 여덟아홉, 열아홉

15: 열댓

이처럼 수와 관련된 표현을 쓸 때는 주의해야 할 부분이 있는데요. '예닐곱'을 '여서일곱'이라고 쓰는 것도 틀리고, '다섯 여섯'을 '다여'로 줄여 말하는 것도 바르지 않습니다.

눈살과 눈쌀

두 눈썹 사이의 주름이 얼마나 깊게 잡혔는지를 보면 이 사람이
살면서 얼마나 눈살을 찌푸렸는지, 또는 얼마나 눈살을 펼 새
없이 살았는지 가늠할 수 있기도 합니다.

> ▶ **찌푸려진 눈살이 한자 내 천(川) 자 같았다.**
> ▶ **그의 무례함이 눈살을 찌푸리게 했다.**

'눈살을 펴다', '눈살을 모으다'처럼 쓰이는 우리말 '눈살'은
[눈쌀]로 발음하지만 표기는 '눈살'이 맞습니다.
사전에는 찌푸리는 눈살 말고 또 다른 뜻의 표제어 '눈살'도 있
는데요. 눈에 독기를 띠며 쏘아보는 시선, 애정 있게 쳐다보는
눈이라는 두 가지 뜻이 있습니다. 독기를 띠며 쏘아보는 것도
'눈살'이고, 애정 있게 쳐다보는 것도 '눈살'이라니 뜻이 상반되
어서 흥미롭네요.

👁 관용구 여겨보기

눈살과 관련된 관용구를 살펴볼까요?

눈살을 찌푸리다

마음에 못마땅한 뜻을 나타내어 양미간을 찡그리다.

눈살을 펼 새 없다

근심, 걱정이 가시지 않다.

눈살이 꼿꼿하다

격분하거나 새침해서 눈을 똑바로 뜨다.

뒤풀이와 뒷풀이

▶ **어젯밤 시사회가 끝나고 새벽 네 시까지 뒤풀이가 이어졌어요.**

이 문장을 보며 '어? 뒤풀이가 아니라 뒷풀이 아닌가?' 했다면 잘못 아신 겁니다. 어떤 일이나 모임을 끝낸 뒤에 서로 모여 여흥을 즐김을 뜻하는 우리말을 '뒷풀이'로 잘못 쓸 때가 많은데요. '뒤풀이'가 맞습니다.

'뒷-'이 붙어서 맞는 우리말이 있고 '뒤-'가 붙어서 맞는 우리말이 있습니다. 서로 달라서 헷갈리죠? '뒤구르기', '뒤꽁무니', '뒤꿈치', '뒤끝' 따위는 '뒤-'로 써야 표준어이고, '뒷다리', '뒷돈', '뒷북', '뒷수습' 따위는 '뒷-'으로 써야 맞습니다.

▶ **(뒤트임/뒷트임) 수술을 받고 눈이 달라졌다.**
▶ **(뒤트임/뒷트임) 원피스를 새로 샀다.**

그렇다면 성형외과나 의류 업계에서 많이 쓰이는 이 말은 어떤 것이 맞을까요? 정답은 '뒤트임'입니다.

떼려야 뗄 수 없다와
뗄래야 뗄 수 없다

아나운서와 바른 우리말, 작가와 책, 연필과 지우개, 바늘과 실까지. 모두 **떼려야 뗄 수 없는** 것들인데요. 여기서 잠깐 '떼어서' 생각해볼 우리말이 있습니다. '떼려야'라고 할 자리에 '떼래야'나 '뗄래야'를 잘못 쓰는 경우가 많죠?

먼저 '-래야'는 '-라고 해야'가 줄어든 말로 '집이래야 방 하나에 부엌이 있을 뿐이다', '그 사람은 누가 오래야 오는 사람이라 스스로는 안 올 것이다'처럼 쓸 수 있습니다. '떼래야'처럼 쓸 수는 없다는 얘기이죠.

또 '-ㄹ래야'는 '-려야'의 잘못입니다. '-려고 하여야'가 줄어든 말이 '-려야'인데요. 국립국어원 표준국어대사전에 있는 설명을 살펴볼까요?

'-려야'가 표준어이고 '-ㄹ려야', '-ㄹ래야'는 비표준어다. 이는 비슷한 발음의 몇 형태가 쓰일 경우, 그 의미에 아무런 차이가 없고, 그중 하나가 더 널리 쓰이면, 그 한 형태만을 표준어로 삼는다는 규정(표준어 사정 원칙 제17항)에 따른 것이다.

설명에 따라 '미워할래야 미워할 수가 없다'는 문장도 '미워하려야 미워할 수가 없다'가 맞고, '모를려야' 또는 '모를래야'라고 잘못 쓰기 쉬운 이 말도 '모르려야'라고 표기해야 맞습니다. 우리말을 바르게 배우는 일은 학업과 회사생활에서도 '떼려야' 뗄 수 없죠? 이 책과 함께하고 있는 독자 여러분도 '모르려야' 모를 수 없는 배움의 즐거움을 느끼시길 바랍니다.

말마따나와 말맞다나

▶ 친구 말마따나 시험이 어렵더라고.

▶ 엄마 말씀마따나 언제나 차 조심하라고.

주로 '말'이나 '말씀' 뒤에 붙어 그것의 내용과 같이의 뜻을 나타내는 우리말은 '마따나'입니다. 그런데 언제부턴가 '말맞다나'와 같은 비표준어도 보이기 시작했는데요. '말한 대로, 말한 바와 같이' 따위의 뜻을 나타내는 격조사의 바른 표기는 '마따나'입니다.

말발과 말빨

▶ 준상이는 (말빨/말발)이 세다.

둘 중 어느 표기가 맞을까요? 정답은 '말발'로, 듣는 이로 하여금 그 말을 따르게 할 수 있는 말의 힘을 **'말발'이라고 쓰고 [말빨]로 발음합니다.**

이처럼 발음하는 대로 잘못 표기해서 틀리는 경우가 종종 있는데요. '글발'도 그렇습니다. 읽는 이로 하여금 그 글에 공감하거나 수긍하게 할 수 있는 글의 힘을 '글발'이라고 해서 '글발이 세다', '글발이 있다', '글발이 좋다'처럼 쓰이는데요. 발음은 [글빨]이지만 '글빨'로 쓰면 틀립니다. 이는 둘 이상의 단어가 어울리거나 접두사가 붙어서 이뤄진 말은 각각 그 원형을 밝혀 적는다는 규정(한글 맞춤법 제27항)에 따른 것입니다.

'끗발'도 함께 알아둘까요? 아주 당당한 권세나 기세를 뜻하는 말로 '끗발이 있다', '끗발이 좋다', '끗발이 세다'처럼 쓰입니다. 발음은 [끋빨]이지만 표기는 '끗빨'이나 '끝발'이 아니라는 것도 함께 알아두면 좋겠죠?

맞닥뜨리다와 맞딱트리다

▶ **두 사람이 그곳에서 맞닥뜨린 것은 피할 수 없는 운명이었다.**

살면서 한 번쯤 운명 같은 순간을 맞닥뜨린 적이 있을 겁니다. 그런데 갑자기 마주 대하거나 만나다의 뜻을 담은 우리말 '맞닥뜨리다'를 잘못 표기할 때가 많은데요.

맞딱트리다, 맞딱뜨리다, 맞닥드리다 [✕]

'맞닥뜨리다'와 '맞닥트리다'가 복수 표준어로 바른 표기입니다. 이와 비슷한 표현으로 '맞다닥뜨리다', '맞다닥트리다'가 있습니다.

운명 같은 순간을 맞닥뜨리기도 하지만 좋지 않은 일을 맞닥뜨릴 때도 있죠? '맞닥뜨리다'는 좋지 않은 일 따위에 직면한다는 뜻도 있어 '막상 이런 일에 맞닥뜨리니 정신이 없다', '엄청난 위기에 맞닥뜨렸다'처럼 쓸 수 있습니다.

머리끄덩이와 머리끄뎅이

K-드라마에서 머리끄덩이를 붙잡고 싸우는 장면이 빠지면 섭섭하죠. 여기서 '머리끄덩이'를 '머리끄뎅이'로 잘못 알고 있는 일이 흔한데요. 표준어는 '머리끄덩이'입니다.

끄덩이

(1) 머리털이나 실 따위의 뭉친 끝.

(2) 일의 실마리.

'끄덩이'의 뜻을 알고 나니 '머리끄덩이'도 쉽게 이해되는데요. **'끄덩이'가 머리털이나 실 따위의 뭉친 끝을 뜻해 '머리끄덩이'는 머리카락을 한데 뭉친 끝을 의미합니다.** 이때 '머리'와 '끄덩이'는 띄어서 쓰지 않고 '머리끄덩이'처럼 붙여서 써야 맞습니다. '덩이'를 '뎅이'로 쓰면 틀리는 우리말이 또 있습니다. '엉덩이'를 엉뎅이로(빵뎅이도!), '웅덩이'를 '웅뎅이'로 쓰는 건 바른 표현이 아닙니다.

◉ **우리말 여겨보기**

'골칫덩이', '심술덩이'처럼 '덩이'가 일부 명사의 바로 뒤에 쓰여 그런 사람이나 사물임을 나타낼 때는 한 단어로 보아 앞말에 붙여 씁니다.

메슥거리다와 미식거리다

속이 울렁거릴 때 "속이 미식미식거린다"는 말을 하죠. 사전에서 이 말을 찾아봤습니다.

> **미식미식**
>
> 끊어질 듯이 자꾸 이어지는 모양.
>
> - 아이는 미식미식 울음을 그치고 다시 잘 놀았다.

'미식미식'은 속이 울렁거리는 것과는 관계가 없는 말입니다. 먹은 것이 되넘어 올 것같이 속이 자꾸 심하게 울렁거리다는 뜻의 표준어는 '메슥거리다'입니다. '메슥-'이 붙은 말에는 '메슥대다', '메슥메슥', '메슥메슥하다'가 있습니다. '미식거린다', '미식미식거린다'라고 쓰면 틀리지만 '매슥거리다', '매슥대다'로 쓸 수도 있고 '매슥매슥'이나 '매슥매슥하다'로 활용할 수도 있습니다.

'메슥거리다/매슥거리다'가 표준어인 것처럼 '메스껍다/매스껍다'도 함께 쓸 수 있는 표준어입니다. '메스껍다'는 먹은 것이 되넘어 올 것같이 속이 몹시 울렁거리는 느낌이 있다, 태도나 행동 따위가 비위에 거슬리게 몹시 아니꼽다의 뜻으로 '속이 메스껍다', '대학에 붙었다고 내 앞에서 거들먹거리는 친구가 메스껍게 느껴졌다'처럼 쓸 수 있습니다.

뭉그적거리다와 밍기적거리다

말이 좋아 밍기적거리는 거지, 사실은 게으르게 행동하는 거 아닐까요? 그런데 여기서 '밍기적거린다'는 표현은 표준어가 아닙니다. 나아가지 못하고 제자리에서 조금 큰 동작으로 자꾸 게으르게 행동하다는 뜻의 표준어는 '뭉그적거리다'입니다. 아침마다 등교 전쟁을 치르는 학부모라면 아이들의 뭉그적거림에 익숙할지도 모르겠습니다.

작은말 '몽그작거리다'도 있는데요. '조금 큰 동작'으로 게으르게 행동하는 게 '뭉그적거리다'라면, '몽그작거리다'는 나아가지 못하고 제자리에서 '조금 작은 동작'으로 게으르게 행동하는 것을 뜻합니다.

해야 할 일이나 날짜 따위를 자꾸 미루어 시간을 끌다는 뜻의 '미적거리다'도 있습니다. 이때 '미적거리다'는 '미루적거리다'와 같은 말로 '일을 미적거린다고 저절로 되는 건 아니다', '아침마다 미루적거리는 버릇을 고쳐야겠다'처럼 다양하게 쓸 수 있습니다.

꾸물대거나 망설이는 일이 있다면 **뭉그적거리지 말고, 몽그작거리지 말고, 미적거리지 말고, 미루적거리지 말고, 미루적미루**

적하지 말고, 지금 바로 행동으로 옮겨보는 건 어떨까요? 시간은 기다려주지 않으니까요.

👁 **우리말 여겨보기** ┄┄

느리거나 천천히 하는 것과 관련된 우리말을 더 알아볼까요?

어기적거리다

(1) 팔다리를 부자연스럽고 크게 움직이며 천천히 걷다. ≒어기적대다.

(2) 음식 따위를 입안에 가득 넣고 천천히 씹어 먹다. ≒어기적대다.

엉기적거리다

뒤뚱거리며 느릿느릿 걷거나 기다. ≒엉기적대다.

별의별과 별에별

> ▶ **별의별 고생을 다 하다.**
> ▶ **별의별 생각이 다 들어 잠을 이루지 못했다.**

발음 때문에 표기를 헷갈려서 틀리는 일이 많죠. '별의별'도 그렇습니다. **보통과 다른 갖가지의라는 뜻의 우리말은 '별의별'입니다.** 발음이 [벼릐별/벼레별]이라서 '별에별', '벼레별' 등으로 잘못 쓰기 쉽죠?

「우리말 나들이」는 1997년 12월 8일 첫 방송을 한 이후 지금까지 '별의별' 우리말을 다양하게 소개하고 있습니다. 방송과 같은 나이인 97년생 시청자, 독자 여러분이 현재 청년인 것을 생각해보면 「우리말 나들이」도 이제는 여러분과 함께 훌쩍 성장해 무르익은 건 아닐까 싶습니다. MBC 아나운서와 함께하는 「우리말 나들이」, 앞으로도 어린이부터 어르신까지 모두 아우르며 바른 우리말을 널리 알리는 데에 힘쓰겠습니다.

복슬복슬과 복실복실

털이 복슬복슬하고 탐스럽게 생긴 강아지를 '복슬강아지'라고 합니다. 이때 **'복슬'을 '복실'이라고 표기하면 틀립니다.** 살이 찌고 털이 많아서 귀엽고 탐스러운 모양을 뜻하는 우리말은 '복슬복슬'로, '미용실을 다녀왔더니 머리털이 복슬복슬해졌다'처럼 쓸 수 있습니다.

'복슬복슬'의 큰말 '북슬북슬'도 있습니다. 살이 찌고 털이 많아서 매우 탐스러운 모양을 뜻하는 말로, '우리집 강아지는 북슬북슬한 매력이 있다'처럼 표현할 수 있겠죠?

본새와 뽄새

소녀시대 태연 님이 개인 채널에서 팬들에게 선물 받은 장난감 차를 공개한 적이 있습니다. 특히 색깔이 마음에 든다며 "본새 난다, 본새 나"라고 말하던 모습을 보고 놀랐습니다. 흔히 '뽄새'라고 잘못 말하는 경우가 많거든요. 노래도 잘하고 우리말도 잘 지키는 태연 님을 「우리말 나들이」가 응원합니다.

> **본새**
>
> (1) 어떤 물건의 본디의 생김새.
>
> (2) 어떠한 동작이나 버릇의 됨됨이.
>
> - 그의 말하는 본새가 화가 난 말투였다.
>
> - 일하는 본새가 오늘 다 못 끝낼 것 같다.

표준어는 '뽄새'가 아니라 '본새'입니다. 표기도 발음도 모두 '본새'라서 '뽄새'라고 쓰거나 발음할 이유가 없습니다. 비슷한 발음의 몇 형태가 쓰일 경우, 그 의미에 아무런 차이가 없고, 그중 하나가 더 널리 쓰이면, 그 한 형태만을 표준어로 삼는다는 규정(표준어 사정 원칙 제17항)이 있습니다. 그래서 '뽄새'가 아니라 '본새'만 표준어가 되었습니다.

'본새'의 '-새'는 일부 명사나 용언의 명사형 뒤에 붙어 모양, 상태, 정도의 뜻을 더하는 접미사인데요. 흔히 '모양새', '생김새', '쓰임새', '짜임새', '차림새'처럼 쓰입니다.

부기와 붓기

의학에서 쓰는 말로, 부종으로 인해 부은 상태를 흔히 '붓기'로 잘못 알고 있는데요. **바른 표현은 '부기**浮氣**', 발음도 [부기]입니다.**

한 SNS에서 해시태그를 검색하니 바른말 '부기'보다는 틀린 표현인 '붓기'가 더 많이 나왔습니다. 부었다는 뜻으로 '붓기'를 쓴 건 모두 바르지 않습니다. 바른 표현은 '부기가 오르다', '부기가 내리다', '부기를 빼다'입니다.

'부기'는 의학 전문어이지만 지금은 쓰임이 확장되어 일상에서도 흔히 사용하죠. 앞으로 '붓기'는 '물을 붓기'처럼 표현할 때만 쓰고, 해시태그는 #부기 #부기차 #부기빼기 #부기제거 #부기관리 #부기빼는법 #부기완화 등으로 바꿔서 쓰도록 합니다.

부숴버리다와 부셔버리다

"당신, 부셔버릴 거야."

1999년에 방영된 드라마 「청춘의 덫」에 나오는 대사로, 아직까지도 여러 곳에서 자주 언급될 만큼 유명한 대사입니다. 그런데 **깨뜨려 못 쓰게 만들어버린다고 말하고 싶었다면 '부시다'가 아니라 '부수다', 그러니까 부숴버릴 거라고 해야 맞습니다.**

부수다

활용 부수어(부숴), 부수니

(1) 단단한 물체를 여러 조각이 나게 두드려 깨뜨리다.

(2) 만들어진 물건을 두드리거나 깨뜨려 못 쓰게 만들다.

부시다

활용 부시어(부셔), 부시니

(동사) 그릇 따위를 씻어 깨끗하게 하다.

(형용사) ((주로 '눈'과 함께 쓰여)) 빛이나 색채가 강렬하여 마주 보기가 어려운 상태에 있다.

부셔서 버린다는 건 씻어서 깨끗하게 만들어 버린다는 뜻으로
비유해서 쓸 수 있으려나요?

부스스와 부시시

▶ **자다 깬 아이가 부시시 흐트러진 머리를 하고 방에서 나왔다.** [×]

위 예문에서 '부시시'는 표준어가 아닙니다. 머리카락이나 털이 어지럽게 일어나거나 흐트러져 있는 모양을 뜻하는 우리말은 '부스스'입니다.

그런데 비슷한 말로 '푸시시'가 있네요? '부스스'와 같은 뜻으로 '머리털이 푸시시 일어나 있다'처럼 쓸 수 있습니다.

부스스, 푸시시 [○]

부시시, 푸스스 [×]

'**부스스**'와 '**푸시시**'는 머리카락에만 쓸 수 있는 말은 아닙니다. 누웠거나 앉았다가 느리게 슬그머니 일어나는 모양으로 '잠들었던 아이가 눈을 뜨고 부스스/푸시시 일어났다'처럼 쓰기도 하고, 부스러기 따위가 어지럽게 흩어지는 소리 또는 그 모양을 뜻해 '흙더미가 부스스/푸시시 무너져내렸다'처럼 쓸 수도 있습니다. 또 미닫이나 장지문 따위를 느리게 슬그머니 여닫는 소

리 또는 그 모양을 뜻할 때는 '방문을 부스스/푸시시 열었다'
처럼 표현할 수도 있습니다.

◉ **발음 여겨보기**

'스'를 '시'로 잘못 발음해 틀리는 표현을 더 알아볼까요?

스라소니, 으스스, 으스대다 [O]

시라소니, 으시시, 으시대다 [✕]

빠개다와 뽀개다

머리가 뽀개질 것 같은 일들이 자꾸만 일어나는 회사생활. 그렇다고 자기 사업을 하면 머리가 덜 뽀개질까요? 확실한 건 회사생활이든 사업 운영이든 머리가 뽀개질 일은 없습니다. 표준어는 '빠개다'이거든요.

작고 단단한 물건을 두 쪽으로 가르다, 작고 단단한 물건의 틈을 넓게 벌리다, 거의 다 된 일을 어긋나게 하다의 세 가지 뜻을 담은 표준어는 **'뽀개다'가 아니라 '빠개다'**입니다. 그래서 '빠개지다'도 '뽀개지다'로 쓰면 틀립니다.

'빠개다'와 함께 알아두면 좋을 말로 '뻐개다'도 있는데요. '빠개다'의 큰말로 크고 딴딴한 물건을 두 쪽으로 가르다, 거의 다 된 일을 완전히 어긋나게 하다의 뜻을 담고 있습니다.

작은 장작은 빠개고 큰 장작은 뻐갠다고 할 수 있겠지만 뽀개는 건 안 됩니다.

뾰로통하다와 뾰루퉁하다

'뾰루-'로 시작하는 우리말을 한번 생각해볼까요? '뾰루지'가 제일 먼저 떠오르는데요. 혹시 '뾰루퉁하다'를 떠올렸다면 그건 바르지 않습니다. 표준어는 '뾰루퉁하다'가 아니라 '뾰로통하다'입니다.

뾰로통하다

못마땅하여 얼굴에 성난 빛이 나타나 있다.

- 갑자기 공연이 취소되어 팬들은 뾰로통해 있었다.

뾰루퉁하다

몹시 못마땅하여 얼굴에 성난 빛이 나타나 있다.

표준어 '뾰로통하다'의 큰말은 '뾰루퉁하다'로, '뾰로통하다'의 뜻풀이에 '몹시'가 붙습니다.

설명도 없이 갑자기 공연이 취소되면 뾰로통할 수밖에 없죠. 만약 공연을 보기 위해 멀리서부터 이동하는 팬들이라면 교통비에 숙박비까지 비용적 손해가 이만저만이 아닐 겁니다. 이럴 땐 몹시 못마땅할 것이기 때문에 뾰로통하기보다는 아니라 뿌루퉁해야 맞을 것 같네요.

새침데기와 새침떼기

'시시덕이는 재를 넘어도 새침데기는 골로 빠진다'는 속담이 있습니다. '시시덕이'는 시시덕거리기를 잘하는 사람이고 '새침데기'는 새침한 성격을 지닌 사람인데요. 겉으로 떠벌리는 사람보다 얌전한 척하는 사람이 오히려 나쁜 마음을 품는 경우가 많다는 것을 비유적으로 이르는 속담입니다. 간단하게 '새침데기 골로 빠진다'고 할 수도 있습니다.

그런데 여기서 '새침데기'를 소리 나는 대로 '새침떼기'로 표기하면 틀립니다. 발음만 [떼기]이고 표기는 '데기'가 맞습니다.

몇몇 명사 뒤에 붙어 그와 관련된 일을 하거나 그런 성질을 가진 사람의 뜻을 더하는 접미사는 '-데기'로, 사전에는 '부엌데기'와 '소박데기'가 예시로 나와 있는데요. 표제어에 '얌심데기'도 있고 '푼수데기'도 있습니다. 몹시 샘바르고 시기하는 마음이 있는 듯한 행동을 자꾸 하는 사람을 낮잡아 이르는 말인 '얌심데기'도 [얌심떼기]로 읽고, 생각이 모자라고 어리석은 사람을 낮잡아 이르는 말인 '푼수데기'도 [푼수떼기]로 발음하지만 표기는 '데기'입니다.

생각건대와 생각컨대

'생각하건대'의 준말을 '생각컨대'로 잘못 쓰는 일이 많습니다. 한글 맞춤법 제40항에 따르면 어간의 끝음절 '하'의 'ㅏ'가 줄고 'ㅎ'이 다음 음절의 첫소리와 어울려 거센소리로 될 적에는 거센소리로 적고, 어간의 끝음절 '하'가 아주 줄 적에는 준 대로 적어야 합니다. 이때, 어간의 끝음절 '하'는 앞에 오는 받침의 소리가 [ㄱ, ㄷ, ㅂ]이면 통째로 줄어들기 때문에 '생각하건대'의 준말은 어간의 끝음절 '하'가 아주 줄어든 '생각건대'가 맞습니다. 이처럼 '하'가 아주 준 대로 적는 경우는 다음에도 해당합니다.

▶ 거북하지 않다. → 거북지 않다.

▶ 답답하다 못해 내가 나섰다. → 답답다 못해 내가 나섰다.

◉ 우리말 여겨보기 ┄┄┄┄┄┄┄┄┄┄┄┄┄┄┄┄┄┄┄┄┄┄┄┄┄┄┄┄

　　모음이나 'ㄴ, ㄹ, ㅁ, ㅇ'으로 끝나는 일부 명사 뒤에서 '-하건대'가 준 말은 '-컨대'를 써서 '예컨대', '요컨대', '원컨대', '비유컨대', '단언컨대' 등으로 씁니다.

생뚱과 쌩뚱

잘못된 발음이 표기까지 틀리게 만드는 대표적인 말이 아닐까 싶습니다. 바로 '생뚱'인데요. '생뚱하다'의 발음 표기는 [생뚱하다]로, '쌩'으로 괜스레 세게 발음할 이유가 없습니다. '쌩뚱'이 '생뚱'의 거센말이 아닌가 싶기도 하지만 **발음도 [생뚱], 표기도 '생뚱'만 맞습니다.**

'생뚱맞다', '생뚱스럽다', '생뚱하다', '생뚱스레' 따위로 다양하게 쓸 수 있는 우리말. 모두 '생뚱'으로 읽고 쓴다는 것 잊지 마세요.

송골송골과 송글송글

▶ **이마에 땀이 송글송글했다.** [×]

▶ **땀이 송알송알 나기 시작했다.** [○]

▶ **온몸에 땀이 숭얼숭얼 나서 씻고 싶었다.** [○]

땀이 맺히는 것과 관련된 우리말을 사전에서 찾아봤습니다. 땀방울 따위가 구슬처럼 동그랗게 맺히는 걸 뜻하는 '구슬지다'도 있고, 구슬처럼 방울방울 맺힌 땀을 가리키는 '구슬땀'도 있습니다. 또 땀방울이나 물방울, 열매 따위가 잘게 많이 맺힌 모양을 뜻하는 '송알송알'도 있고, 큰말인 '숭얼숭얼'도 있는데요. 일상에서 흔히 쓰이는 땀이 '송글송글' 맺힌다는 표현은 없습니다. '송글송글'이 아니라 '송골송골'이 표준어이기 때문입니다. 땀이나 소름, 물방울 따위가 살갗이나 표면에 잘게 많이 돋아나 있는 모양을 뜻하는 우리말은 '송골송골'입니다. 형용사 '송골송골하다'로 표현할 수도 있으니 알아두고 유용하게 활용하면 좋겠죠?

숙맥과 쑥맥

한 SNS에 검색해보니 #쑥맥의 해시태그 숫자가 #숙맥의 열 배였는데요. **표준어는 '숙맥'**으로, [쑹맥]이 아니라 [숭맥]으로 발음합니다. 한자 콩 숙菽, 보리 맥麥을 쓰는 '숙맥'은 콩과 보리를 아울러 이르는 말을 뜻합니다. 또한 '숙맥불변菽麥不辨'에서 나온 말로, 사리 분별을 못 하고 세상 물정을 잘 모르는 사람을 의미하기도 합니다.

▶ **그 친구는 세상 물정을 모르는 숙맥이다.**
▶ **나 같은 숙맥더러 이 복잡한 걸 하라니요.**

SNS에 해시태그를 달 때 지금부터라도 표준어 #숙맥을 쓴다면 비표준어 #쑥맥을 금방 따라잡을 수 있지 않을까요? 너무 숙맥 같은 생각일까요?

스멀스멀과 스물스물

한 SNS에서 #스물스물의 해시태그를 찾아봤습니다. #스물스물올라오는 #스물스물피어나는 #스물스물올라오는물욕 #스물스물기지개를켜야지 #스물스물다가온다 #스물스물기미는올라오고 등 다양한 표현이 나왔는데요. 그런데 '스물스물'은 표준어가 아니죠? 표준어는 '스멀스멀'입니다.

살갗에 벌레가 자꾸 기어가는 것처럼 근질근질한 느낌을 뜻하는 말 '스멀스멀'은 동사 '스멀스멀하다'로 쓰이기도 하고, 작은말 '사물사물'도 있습니다.

사물사물

살갗에 작은 벌레가 기어가는 것처럼 간질간질한 느낌.

#스믈스믈도 천 개 이상의 해시태그를 찾아볼 수 있었는데요. '스믈스믈'은 '스멀스멀'의 제주 지역 방언입니다.

아귀찜과 아구찜

▶ 갓 조리한 아구찜을 냄비째 배달해드립니다. [×]

'아구찜'을 배달하는 게 아니라 '**아귀**찜'을 배달하는 게 바른 우리말입니다. 아귓과의 바닷물고기로, 머리 폭이 넓고 입이 크며 등 앞쪽에 촉수 모양의 가시가 있어서 작은 물고기를 꾀어 잡아먹는 이 물고기의 이름은 '**아귀**'입니다.

아귀를 콩나물, 미나리, 미더덕 따위의 재료와 함께 갖은양념을 하고 고춧가루와 녹말풀을 넣어 걸쭉하게 끓인 음식은 '아구찜'이 아니라 '**아귀**찜'이고, 아귀를 토막 쳐서 콩나물을 넣고 맵게 끓인 찌개는 '아구매운탕'이 아니라 '**아귀**매운탕'입니다. 전국에 있는 모든 '아구' 전문점도 사실은 '**아귀**' 전문점입니다.

아등바등과 아둥바둥

"아둥바둥 산다"는 말에서 '아둥바둥'은 바르지 않습니다. '버둥버둥' 산다고는 할 수 있어도 '아둥바둥' 살 수는 없습니다. 표준어는 '아등바등'이거든요.

아등바등
무엇을 이루려고 애를 쓰거나 우겨 대는 모양.

버둥버둥
힘에 겨운 처지에서 벗어나려고 애를 부득부득 쓰는 모양.

이 외에도 '아등-'이 붙은 우리말은 '아등거리다', '아등대다', '아등바둥하다', '아등아둥', '아등아둥하다'가 있습니다. '아등바둥'의 큰말인 '으등부등'은 무엇을 이루려고 몹시 애를 쓰거나 우겨대는 모양을 뜻합니다.

▶ **아등거리며 살지 말고 신나게 살아보자.**
▶ **면접에 합격하기 위해서 아등아둥하며 많은 연습을 했다.**

▶ **집을 장만하기 위해서 으등부등 돈을 벌었다.**

여기서 끝일까요? 몹시 고집을 부리거나 애를 쓰는 모양을 뜻하는 '아득바득'도 있습니다. 아득바득은 [아득빠득]으로 발음하고 '아득바득 우기다', '아득바득 살다'처럼 표현할 수 있습니다.

어르다와 얼르다

'어르고 등골 뺀다'는 속담이 있습니다. '어르고 뺨 치기'와 같은 말인데요. 그럴듯한 말로 꾀어서 은근히 남을 해롭게 함을 비유적으로 이르는 속담입니다. 어르고 등골 빼고 어르고 뺨을 치고……. 정신 똑바로 차려야 등골도 뺨도 지켜낼 수 있겠네요. 지켜야 할 것이 더 있는데요. '어르다'를 '얼르다'로 잘못 쓰면 안 됩니다.

'어르다'는 어린아이를 달래거나 기쁘게 하여 주다의 뜻으로 '우는 아이를 어르다'처럼 쓸 수 있고, 사람이나 짐승을 놀리며 장난하다의 뜻으로 '고양이가 쥐 한 마리를 앞발로 어르고 있었다'처럼 쓸 수도 있습니다. 또 어떤 일을 하도록 사람을 구슬리다의 뜻일 땐 '일을 그만두라고 어르고 협박했다'처럼 쓸 수도 있는데요. 어떤 뜻으로 사용하든 모두 **'얼르다'가 아니라 '어르다'가 맞습니다.**

'어르다'는 '어르니', '얼러'로 활용할 수 있는데요. '아이를 얼러 집에 보냈다', '어릴 때 동생을 얼렀던 기억이 있다'처럼 쓸 순 있어도 '아이를 얼르고 집에 보냈다', '어릴 때 동생을 얼르고 했던 기억이 있다'로 쓸 순 없습니다.

◉ 우리말 여겨보기

'이르다'도 있습니다. '이르다'는 '르' 불규칙 용언이므로 모음 어미 앞에서 '일러', '일렀다'와 같이 활용해 기본형을 '일르다'로 잘못 생각하는 경우가 있지만, '일르다'는 표준어가 아닙니다.

얼마큼과 얼만큼

잘 모르는 수량이나 정도를 나타내는 명사 '얼마' 뒤에 앞말과 비슷한 정도나 한도임을 나타내는 격조사인 '만큼'이 붙은 말은 '얼마만큼'입니다. 그런데 '얼마만큼'이 줄어든 말을 잘못 표기할 때가 많은데요. **'얼만큼'이 아니라 '얼마큼'이 맞습니다.**

- ▶ **얼만큼 날 사랑해?** [✕]
- ▶ **얼마큼 날 사랑해?** [○]
- ▶ **얼마만큼 날 사랑해?** [○]

'얼마'가 '얼-'로 준 것이 아니라 '만큼'이 '-큼'으로 줄어든 것이기에 '얼마큼'이 올바른 표기입니다.

엔간히와 엥간히

일상생활에서 "엥간히 해라"라는 표현을 쓰곤 하는데요. 이때 '엥간히'는 맞는 말일까요? 한 SNS에서 해시태그를 찾아봤더니 #엥간히보다 더 많이 쓰이는 표현이 #앵간히였습니다. 그런데 '엥간히'와 '앵간히' 둘 다 틀린 말로, **바른 우리말은 '엔간히'입니다.**

> ▶ **형편이 엔간하면 나도 돕고 싶은데 미안해.**
> ▶ **엔간한 일이면 나도 이렇게 안 하지.**

안타깝게도 표준어 '엔간히'는 비표준어 '엥간히', '앵간히'보다 해시태그 숫자가 적었습니다. SNS를 사용하는 많은 사람들이 우리말을 잘못 알고 있다는 뜻이겠죠? 게다가 우리말이 아니라 일본어로 착각하기도 하는데요. '엔간하다'는 대중으로 보아 정도가 표준에 꽤 가깝다는 뜻의 표준어입니다. '엔간하다'의 본말은 '어연간하다'로, '엥간-/앵간-'처럼 받침이 'ㅇ'이 될 이유가 없습니다.

◉ 우리말 여겨보기

우리말이 헷갈릴 때는 본말과 준말을 함께 알아두면 어떨까요?

(본말) - (준말)

어연간하다 - 엔간하다

어연간히 - 엔간히

우연만하다 - 웬만하다

기연가미연가하다 - 긴가민가하다

예스럽다와 옛스럽다

2021년 서울에서는 연예인들이 뮤직비디오, 무대, 광고 등에서 실제로 입었던 한복을 직접 볼 수 있는 전시회가 열린 적이 있는데요. 요즘엔 해외에서도 한복 전시회를 할 만큼 한복은 세계와 가까워졌습니다. K팝 가수들이 한옥을 활용한 무대와 한복을 활용한 의상을 선보이는 건 한옥이나 한복이 예스러워서 더 아름답기 때문일 겁니다.

> ▶ **그들은 옛스럽게 무대를 꾸며 호응을 얻었다. [×]**
> ▶ **그들은 예스럽게 무대를 꾸며 호응을 얻었다. [○]**
> ▶ **K팝 아이돌이 한옥으로 예스레 무대를 꾸몄다. [○]**

옛것과 같은 맛이나 멋이 있다는 뜻의 우리말은 '예스럽다'입니다. 형용사 '예스럽다'는 '예스레'처럼 부사로 쓰이기도 합니다. '예스레'의 발음은 [예:스레]로, 표기할 때도 사이시옷을 넣지 않고 발음할 때도 [옛:쓰레]라고 하지 않습니다.

'옛-'을 써서 틀리는 말이 또 있습니다. '예부터'를 '옛부터'로 잘못 쓰는 건데요. '예부터 그래 왔다', '예나 지금이나'처럼 쓸 때는 '예-'가 맞습니다. '옛-'을 써서 표준어인 말은 '옛말하다', '옛일', '옛적', '옛정' 따위가 있습니다. '옛'은 'ㄷ' 소리로 나는 받침 중에서 'ㄷ'으로 적을 근거가 없는 것은 'ㅅ'으로 적는다는 규정(한글 맞춤법 제7항)에 따라 '옏'으로 적지 않고 '옛'으로 적습니다.

◉ 순화어 여겨보기

한복 중에 개량 한복이 있죠. 우리말 '개량'은 '농기구 개량', '품종 개량'처럼 나쁜 점을 보완하여 더 좋게 고침을 뜻하니 '생활한복'으로 바꿔 쓰는 건 어떨까요? 한복에 나쁜 점이 있는 건 아니니까요.

오므리다와 오무리다

아직도 지하철의 앉은 자리에서 옆 사람 불편하게 다리를 오므리지 않는 사람이 있을까요? 물건의 가장자리 끝을 한곳으로 모으다, 물체의 거죽을 안으로 오목하게 패어 들어가게 하다는 뜻을 담은 표준어는 '**오므리다**'입니다. 종종 '오무리다'로 잘못 발음하고 표기하는 경우가 있는데요. 다리도 오므리고 우리말 '오므리다'도 제대로 쓰면 좋겠죠?

함께 참고하면 좋을 말 '우므리다'도 소개합니다. 물건의 가장자리 끝을 한곳으로 많이 모으다, 물체의 거죽을 안으로 우묵하게 패어 들어가게 하다의 뜻을 담은 우리말입니다.

지하철이나 버스에서는 다리를 오목하게 오므리고 우묵하게 우므리는 습관을 들입시다.

오지랖이 넓다

2020년, 2021년, 2022년 3년 연속 라디오 「우리말 나들이」에서 다룬 소재가 있습니다. 그만큼 일상에서 흔히 틀리기 때문이겠죠? 바로 '오지랖'입니다.

2020년 방송

오지랖이 넓다고 할 때 '오지랖'은 옷과 관련이 있는 말인데요. 웃옷이나 윗도리에 입는 겉옷의 앞자락을 '오지랖'이라고 하고 '오지랖을 여미다'처럼 쓰입니다. 오지랖이 넓다고 할 땐 발음을 틀리기 쉬운데요. [오지라비] 넓은 게 아니라 [오지라피] 넓은 겁니다. '오지랖'처럼 'ㅍ' 받침의 '랖'으로 끝나는 우리말은 사전에 '오지랖' 하나입니다.

2021년 방송

여러분은 웃옷이나 윗도리에 입는 겉옷 앞자락을 가리키는 우리말을 알고 있습니다. 하지만 평소에는 다른 의미로 쓰이기 때문에 모른다고 생각하기 쉬운데요. 바로 '오지랖'입니다. '추워서 오지랖을 여몄다', '아기가 울어서 젖을 주려고 오지랖을 걷었다'처럼 쓸 수 있습니다. 관용적으로는 '오지랖이 넓다'고 하죠? 이 말은 쓸데없이 지나치게 아무 일에나 참견하는 면이 있다는 뜻입니다.

2022년 방송

누가 임신을 했고 누가 문신을 했고 누가 살이 쪘고 또는 빠졌고……. 유독 여자 연예인에 대한 오지랖이 넓을 때가 있죠. 이처럼 '오지랖이 넓다'고 할 때 발음을 조심해야겠습니다. '오지랖'에서 '랖'은 'ㅍ' 받침이죠? [오지라비] 넓은 게 아니라 [오지라피] 넓다고 해야 맞습니다. '오지랖'은 원래 윗도리에 입는 겉옷의 앞자락으로, 쓸데없이 지나치게 아무 일에나 참견할 때 '오지랖이 넓다'고 합니다.

여러분은 방금 3년 치 라디오 「우리말 나들이」 원고를 읽으셨습니다. '오지랖'을 '오지랍'으로 표기하는 일이 없도록, 또 [오지라비] 넓다고 잘못 발음하는 일이 없도록 다 함께 노력해요.

움큼과 웅큼

칼슘 약, 비타민 약, 철분 약 등 아무리 건강한 사람이라도 하루에 챙겨 먹는 약만 매일 한 웅큼인 것 같다는 말에서 '웅큼'은 바르지 않습니다. 손으로 한 줌 움켜쥘 만한 분량을 세는 단위를 뜻하는 우리말은 '움큼'입니다.

> ▶ **아이가 사탕을 한 움큼 집었다.**
> ▶ **매일 아침 견과류를 한 움큼씩 챙겨 먹는다.**

움켜쥘 만한 분량이기 때문에 '움큼'입니다. 손가락을 우그리어 힘 있게 꽉 잡다는 뜻의 '움켜잡다'를 기억해두면 '움큼'을 이해할 수 있겠죠?

> ▶ **한 움큼만 집어라.**
> ▶ **국물이 싱거워 멸치를 한 움큼 넣었다.**

'움큼'과 함께 알아두면 좋을 말로 '옴큼'도 있습니다. 손가락을 오그리어 손안에 꼭 잡고 놓지 아니하다는 뜻의 표준어가

'옴켜쥐다'인데요. 그래서 한 손으로 옴켜쥘 만한 분량을 세는
단위를 '옴큼'이라고 합니다.

자투리와 짜투리

#짜투리원단 #짜투리실 #짜투리시간 #짜투리고기 등 SNS에서 해시태그 #짜투리를 검색하면 수천 개가 넘게 나옵니다. 하지만 '짜투리'는 표준어가 아닙니다. 자로 재어 팔거나 재단하다가 남은 천 조각, 어떤 기준에 미치지 못할 정도로 작거나 적은 조각을 뜻하는 우리말은 '**자투리**'로, 발음도 [**자투리**]가 맞습니다. 다행히 표준어를 잘 쓴 해시태그 #자투리도 비표준어 해시태그 #짜투리만큼 많은데요. 이처럼 앞으로는 표준어만 써서 #짜투리가 아닌 #자투리로 보일 수 있게 하면 어떨까요?

정나미와 정내미

딸을 귀엽게 이르는 말은 '딸내미'이고, 아들을 귀엽게 이르는 말은 '아들내미'입니다. 이 때문일까요? '정나미'를 '정내미'로 쓰는 일이 잦은데요. '정내미'는 표준어가 아닙니다.

▶ **그날 이후로 정나미가 딱 떨어졌다.**

어떤 대상에 대하여 애착을 느끼는 마음을 뜻하는 표준어는 '정나미'입니다. 상대방으로 하여금 정나미 떨어지게 하는 행동에는 뭐가 있을까요? 시간 약속 어기기, 매번 맞춤법 틀리기, 입 안 가리고 기침하기……. 속담 중에 '정에서 노염이 난다'는 표현이 있습니다. 정이 깊이 들면 좋아하는 마음이 크기 때문에 조그마한 일에도 노여움이 잘 난다는 말인데요. 정나미가 떨어지는 것도 어쩌면 좋아하는 마음이 크기 때문일지도 모르겠네요.

조그마하다와 조그만하다

아나운서들도 방송 중에 조그마한 실수라도 할까 조마조마하다고 합니다. 만약 이 책을 읽고 있는 방송인 지망생이 있다면 실수는 누구나 하는 거고, 매일 방송을 하는 아나운서도 늘 마음을 졸인다고 하니까요. 여러분도 용기를 내면 좋겠다고 말씀드리고 싶습니다.

그런데 여기서 '조그마한' 실수라고 할 때 '조그마하다'를 '조그만하다'로 잘못 쓰는 일이 흔합니다. 조금 작거나 적다, 그리 대단하지 아니하다의 뜻을 담은 우리말은 '조그마하다'입니다. 줄여서 '조그맣다'고 쓸 수도 있고, 비슷한 말로 '자그마하다', '조끄마하다', '쪼끄마하다'도 있습니다.

- ▶ 오다가 자그마한 사고가 났어요.
- ▶ 조끄마한 사고니까 걱정하지 마세요.
- ▶ 쪼끄마하게 긁혔을 뿐입니다.

작거나 적거나 대단하지 않다는 뜻으로 다양하게 쓰일 수 있는 우리말이지만 '조그만하다'는 바르지 않다는 것, 잊지 마세요.

졸리다와 졸립다

이 말은 동사이기도 하고 형용사이기도 한데요. 동사일 땐 자고 싶은 느낌이 들다, 형용사일 땐 자고 싶은 느낌이 있다는 뜻을 지닌 '졸리다'입니다. 그런데 '졸립다', '졸렵다'처럼 잘못 쓰이는 일이 흔하죠? 표준어는 '졸리다'로 '졸리어(졸려)', '졸리니' 등으로 활용할 수 있습니다.

> 졸리다, 졸리어(졸려) 보인다 [O]
> 졸립다, 졸렵다, 졸려워하다, 졸려워 보인다 [×]

신나는 동요 속 우리말에도 비슷하게 틀리는 표현이 있습니다. "손이 시려워 꽁 발이 시려워 꽁 겨울바람 때문에 꽁 꽁 꽁." 흔히 '시려워', '시렵다'로 잘못 활용되는 우리말 '시리다'는 '시리어(시려)', '시리니'로 써야 맞습니다.

좋아할는지와 좋아할런지

▶ **이 선물을 받고 (좋아할는지 / 좋아할런지) 모르겠다.**

'좋아하다'에 '-ㄹ는지'가 붙은 말은 '좋아할는지'가 맞습니다.
일상에서 흔히 사용하는 어미 '-을런지'와 '-ㄹ런지'는 바른 표
현이 아닙니다.

▶ **비가 올는지 습한 바람이 불기 시작했다.** [○]
▶ **그 사람이 과연 올런지.** [×]
▶ **그가 훌륭한 교사일런지.** [×]

뒤 절이 나타내는 일과 상관이 있는 어떤 일의 실현 가능성에
대한 의문을 나타내는 연결 어미 '-ㄹ는지'는 '그 의문의 답을
몰라도', '그 의문의 답을 모르기 때문에'의 의미를 나타냅니다.
선물을 좋아할지 좋아하지 않을지 모르겠다는 뜻으로 쓰려면
'좋아할는지'가 맞겠죠?
'-ㄹ는지'는 어떤 불확실한 사실의 실현 가능성에 대한 의문을
나타내는 종결 어미로도 쓰여서 '그 사람이 과연 올는지', '그

가 훌륭한 교사일는지'처럼 쓸 수도 있습니다.

▶ **그 사람이 과연 이 일을 맡을는지.** [○]
▶ **그 사람이 과연 이 일을 맡을런지.** [×]

'-ㄹ는지'와 더불어 '-을는지'도 있는데요. '오늘은 일진이 좋을는지 기분이 좋다', '늦지나 않을는지 마음이 놓이지 않는다'처럼 쓸 수 있습니다. '-을는지'를 '-을런지'로 잘못 쓰지 않도록 주의합니다.

이 책이 여러분의 말글 일상에 도움이 **될는지** 모르겠지만요. 바르고 아름다운 우리말을 지키고 전하고자 노력해온 MBC 아나운서들과 함께 만든 책이니까요. 끝까지 꼼꼼하게 읽어주실 수 있을는지요.

짤따랗다와 짧다랗다

▶ 손톱이 짤따랗다. [O]

▶ 우리집 개의 다리는 이 사진보다 짧다랗다. [×]

매우 짧거나 생각보다 짧다는 뜻의 형용사 '짤따랗다'의 표기를 틀리기 쉽습니다. 그 이유는 '짧다'고 해서 '짧다랗다' 또는 '짧따랗다'로 쓰기 때문인데요. 바른 표기는 '짤따랗다'입니다. **'짤따랗다'는 '짧다'에 '-다랗다'가 결합한 말이지만 '짧다랗다'가 아닌 '짤따랗다'라고 적고 [짤따라타]로 발음합니다.** 용언의 어간 뒤에 자음으로 시작된 접미사가 붙어서 된 말은 그 어간의 원형을 밝혀 적어야 하지만, 그 어간의 겹받침의 끝소리가 드러나지 않는 것은 소리대로 적는다는 규정(한글 맞춤법 제21항)에 따른 것인데요. 이와 비슷한 예로 '짤막하다'도 있습니다.

'짤막하다'를 '짧막하다'로 쓰지 않는 것처럼 '짤따랗다'도 '짧다랗다'가 아니라는 것, 잊지 마세요.

찌뿌둥하다와 찌뿌등하다

날씨 탓에 몸이 찌뿌등하다고요? 한 SNS에서 해시태그 #찌뿌
등을 찾아봤는데요. 천 개가 넘는 해시태그를 확인할 수 있었
습니다. 이렇게 일상에서 흔히 잘못 쓰이는 이 말, 바른 표기는
'찌뿌둥하다'입니다.

찌뿌둥하다

(1) 몸살이나 감기 따위로 몸이 무겁고 거북하다.

(2) 표정이나 기분이 밝지 못하고 언짢다.

(3) 비나 눈이 올 것같이 날씨가 궂거나 잔뜩 흐리다.

세 가지 뜻을 나타내는 표준어 '찌뿌둥하다'도 예전엔 비표준
어였던 이력이 있습니다. 2010년 12월 3일 국어심의회의 결정
에 따라 표준어로 인정된 것인데요. 그러면 이전엔 어떤 말이
표준어였을까요?
바로 '찌뿌듯하다'라는 우리말이 있습니다. 몸살이나 감기 따
위로 몸이 조금 무겁고 거북하다, 표정이나 기분이 밝지 못하고
조금 언짢다, 비나 눈이 올 것같이 날씨가 조금 흐리다의 뜻을

담은 표준어인데요. 지금은 '찌뿌둥하다'와 함께 복수 표준어
로 쓰입니다.

▶ **감기에 걸려 머리가 찌뿌둥하다.**
▶ **친구와 다툰 뒤 찌뿌듯한 모습으로 앉아 있었다.**
▶ **비가 올 것 같은 찌뿌드드한 하늘이다.**

비슷한 말로 '찌뿌드드하다'도 있습니다. 몸살이나 감기 따위
로 몸이 무겁고 거북하다, 표정이나 기분이 밝지 못하고 매우
언짢다, 비나 눈이 올 것같이 날씨가 매우 흐리다의 뜻을 담고
있습니다. '**찌뿌둥하다**', '**찌뿌듯하다**', '**찌뿌드드하다**'의 뜻풀이
를 잘 읽어보면 '조금'과 '매우'가 붙어서 뜻이 조금씩 달라지니
상황에 맞게 골라 쓰면 되겠죠?

착잡하다와 착찹하다

경쟁이 심해 '피 튀기는 예매'라는 뜻에서 '피케팅(피+ticketing)'
이라는 신조어가 생겼습니다. 사전엔 없는 말이지만 일상에서
흔히 쓰이죠? 저도 좋아하는 배우의 연극이나 좋아하는 가수의
콘서트 피케팅에 실패해서 착잡했던 적이 아주 많습니다. 그런
데 '착잡하다'를 '착찹하다'로 잘못 쓰는 것을 보면 그것도 착
잡합니다.

'착잡'의 한자는 섞일 착錯, 섞일 잡雜입니다. 갈피를 잡을 수
없이 뒤섞여 어수선함을 뜻하는 우리말로 **발음은 [착짭], 표기
는 '착잡'이 맞습니다.**

철석같이와 철썩같이

한글 맞춤법에는 소리 나는 대로 적어야 맞다는 규정이 있지만 어떤 우리말은 소리 나는 대로 적어서 틀리기도 하죠. '철석같이'가 그렇습니다. 발음은 [철썩]이지만 표기는 '철석'이 맞습니다. 한자 쇠 철鐵, 돌 석石을 쓰는 '철석'은 쇠와 돌을 아울러 이르는 말로, 매우 굳고 단단한 것을 비유적으로 이르기도 합니다.

철석같이

마음이나 의지, 약속 따위가 매우 굳고 단단하게.

- 어머니는 그의 정직성을 철석같이 믿고 있었다.

- 철석같이 굳은 결심.

철석같이 맞다고 믿었던 표기가 틀렸다는 걸 알았을 때는 조금 당황스럽죠? 그래서 조상님들이 돌다리도 두들겨보고 건너라고 했고, 아는 길도 물어 가라고 했고, 얕은 내도 깊게 건너라고 했던 모양입니다.

탐탁지와 탐탁치

▶ **(탐탁지/탐탁치) 않다.**

아나운서도 헷갈리기 쉬운 우리말, '탐탁하지 않다'를 줄인 말
은 무엇일까요? 어간의 끝음절 '하'가 아주 줄 적에는 준 대로
적는다는 한글 맞춤법 제40항에 따라 **'탐탁하지'를 줄여 '탐탁
지'로 쓰는 것이 맞습니다.** 그렇다면 '넉넉하지 않다'는 어떻게
줄여야 맞을까요? '넉넉하지'에서 '하'가 통째로 줄어들어 소리
나기 때문에 그 소리대로 '넉넉지'로 적습니다. 이처럼 '하' 앞
의 받침이 [ㄱ, ㄷ, ㅂ]이면 '하'가 통째로 줄어듭니다.

'하' 앞에 오는 받침의 소리가 [ㄱ, ㄷ, ㅂ] 이외의 경우에는 'ㅎ'
이 남아 거센소리가 되고 그에 따라 거센소리로 적어야 합니다.
예를 들면 '연구하도록'은 '연구토록', '간편하게'는 '간편케',
'청하건대'는 '청컨대'로 줄여야 맞습니다.

태양이 작열하다와 작렬하다

뒤끝 작렬, 홈런 작렬, 쐐기골 작렬, 멋진 무대 작렬, 카리스마 작렬……. 일상에서 '작렬'이라는 말을 흔히 사용하는데요. '렬'로 쓰는 '작렬'과 '열'로 쓰는 '작열'을 헷갈리기 쉽습니다. 발음은 둘 다 [장녈]로 똑같지만 '작렬'은 포탄 따위가 터져서 쫙 퍼짐을 뜻해 뭔가가 극렬하게 터져 나오는 것을 비유적으로 이르는 말이고, '작열'은 '작열하는 태양'처럼 불 따위가 뜨겁게 타오르거나 몹시 흥분해 이글거리듯 들끓는 것을 비유적으로 이르는 말입니다.

그러니까 태양이 작렬하는 건 바른 표현이 아니겠죠? **폭탄이 작렬하는 거고, 태양은 작열합니다.**

한가락과 한가닥

▶ **각자 기술이 한가락씩 있다.**

▶ **여기 계신 모두 한가락 하는 분들이다.**

"나도 이쪽에서는 한가닥 한다"는 말을 하곤 하죠. 어떨 땐 "한가락 한다"는 말도 합니다. 이 중 하나는 바른 표현이 아닌데요. 어떤 방면에서 썩 훌륭한 재주나 솜씨를 뜻하는 우리말은 '한가락'입니다.

한가락과 달리 한 가닥에서 '가닥'은 '가닥을 나누다'처럼 한군데서 갈려 나온 낱낱의 줄을 뜻합니다. 아주 약간이란 뜻으로 쓰일 땐 '한 가닥의 희망이 있다', '한 가닥 구원의 가능성을 발견했다', '한 가닥 기대를 걸어보자'처럼 표현합니다. 이때 '가닥'은 앞말과 띄어 써야 바릅니다.

한소끔과 한소큼

▶ 밥이 한소끔 끓다.

▶ 국물이 한소끔 끓으면 불을 꺼도 된다.

요리책을 보며 음식을 만들고 있는데 "한소끔 끓어오르면 불을 끄라"고 쓰여 있다면 언제 불을 꺼야 할까요? **'한소끔'은 한 번 끓어오르는 모양을 뜻합니다.** 그러니까 물이나 액체 따위가 한 번 부르르 끓어오르면 그때 불을 끄면 되겠죠? 그런데 이때 '한소끔'을 '한소큼', '한소쿰'으로 쓰는 일이 많은데요. '한소끔'이 표준어이고 '한소큼'은 비표준어, '한소쿰'은 평북 지역 방언입니다.

'한소끔'은 일정한 정도로 한 차례 진행되는 모양을 뜻하기도 해서 '한소끔 자다', '껄껄 웃는 소리가 한소끔 나다'처럼 쓸 수도 있습니다.

핼쑥하다와 헬쓱하다

얼굴에 핏기가 없고 파리한 걸 뜻하는 형용사는 '핼쑥하다'와 '해쓱하다'입니다. 한 SNS에서 #핼쑥으로 찾아본 해시태그는 200개가 조금 넘고 #해쓱은 100개도 되지 않았지만 #헬쓱은 1,500개가 넘는 걸 보면 우리말이 얼마나 널리 잘못 쓰이고 있는지 알 수 있습니다.

한 단어 안에서 뚜렷한 까닭 없이 나는 된소리는 다음 음절의 첫소리를 된소리로 적는다는 규정(한글 맞춤법 제5항)이 있습니다. '소쩍새', '어깨', '오빠', '으뜸', '깨끗하다', '어떠하다', '이따금', '거꾸로' 따위가 그 예인데요. '해쓱하다'도 여기에 해당해 '햇슥하다'로 적지 않고 '해쓱하다'로 적어야 맞습니다.

이 밖에도 얼굴이 야위고 핏기가 없다는 뜻의 '할쑥하다', 얼굴이 여위고 핏기가 없다는 뜻의 '헐쑥하다'도 있습니다.

허구한과 허구헌

허구한 날 술만 퍼마신다거나 허구한 날 방구석에 앉아서 티브
이만 본다는 말에서 '허구한 날'을 흔히 '허구헌 날'로 잘못 쓰
곤 하는데요. 날, 세월 따위가 매우 오래다는 뜻의 표준어는 '허구
하다'로, 주로 '허구한'의 꼴로 쓰입니다.

> ▶ 허구한 세월.
> ▶ 허구한 날 팔자 한탄만 한다.

'허구하다'와 비슷하게 생긴 표준어 '하고하다'도 있습니다. 많
고 많다는 뜻의 '하고많다'와도 같은 말로 '하고한 날 드러누워
지냈다'처럼 쓸 수 있습니다.

흉측하다와 흉칙하다

▸ **해양 폐기물이 흉칙한 모습으로 방치되어 있다.** [×]

▸ **이렇게 흉칙한 범죄는 처음이다.** [×]

위 예문은 틀린 문장입니다. 몹시 흉악하다는 뜻의 우리말은 '흉측하다'이지만 흔히 '흉칙하다'로 잘못 쓰고 발음하곤 하는데요. '흉악망측하다'가 줄어든 말은 '흉측하다'가 맞습니다.

이와 비슷하게 틀리기 쉬운 우리말이 더 있습니다. 말할 수 없이 괴이하고 이상하다는 뜻의 괴상망측하다, 정상적인 상태에서 어그러져 어이가 없거나 차마 보기가 어렵다는 뜻의 망측하다, 말할 수 없이 괴상하고 야릇하다는 뜻의 해괴망측하다인데요. 모두 '칙'이 아니라 '측'으로 표기하고 발음해야 합니다.

우리말 문제

내용을 잘 익혔는지 확인해볼까요?
다음 문장에서 밑줄 친 부분이 맞으면 동그라미표(○),
틀리면 가위표(×)를 하세요.

① 네 말마따나 쉬운 일이 아니더라고. (   )

② 조금만 걸어도 금방 땀이 송골송골 맺히는 날씨야. (   )

③ 침대에서 그만 밍기적거리고 이제 일어나. (   )

④ 화분에 물을 얼마큼 줘야 하는지 잘 모르겠다. (   )

⑤ 나도 여기서는 한가닥 하는 사람이야. (   )

⑥ 거짓말도 엔간히 해야지. 너무하지 않니? (   )

⑦ 그는 무엇이 못마땅한지 계속 구시렁거렸다. (   )

⑧ 알약을 잘게 부셔서 삼켰다. (   )

⑨ 꿈을 이루기 위해 <u>아둥바둥</u> 노력했다. (　　)

⑩ 네가 뭘 <u>좋아할는지</u> 몰라서 내 마음대로 골랐어. (　　)

⑪ 그게 무슨 <u>쌩뚱맞은</u> 소리야? (　　)

⑫ 너무 피곤해서 하루 종일 침대에 <u>널부러져</u> 있었다. (　　)

⑬ <u>생각건대</u> 네 말이 맞는 것 같아. (　　)

⑭ 글씨가 <u>조그만해서</u> 잘 안 보여. (　　)

⑮ 그는 인사할 새도 없이 <u>날름</u> 가버렸다. (　　)

3장

아는 만큼
바르게 쓰는
외래어 표기법

그라탱과 그라탕

감자 그라탕, 고구마 그라탕, 치즈 그라탕 등 여러 종류의 그라탕 요리법이 있죠. 프랑스어에서 온 이 말, **바른 외래어 표기법은 '그라탕'이 아니라 '그라탱**gratin**'입니다.**
프랑스어 '−tin'이 우리말 표기로 '탱'인 것은 다른 외래어에서도 찾아볼 수 있습니다.

카르티에라탱 Quartier Latin
『지명』프랑스 파리 가운데에 있는 지역. 센강 왼쪽 기슭에 있으며, 소르본 Sorbonne 대학이 있다.

쿠베르탱 Coubertin, Pierre de
『인명』프랑스의 교육가(1863~1937). 고대 올림픽 경기를 부흥시킬 것을 제창하여, 국제 올림픽 위원회(IOC)를 창설하고 제1회 올림픽 대회를 아테네에서 개최하였다.

'그라탱' 요리법을 더 찾아보니 가지 그라탱, 떡볶이 그라탱, 굴 그라탱 등 다양한데요. 한 조리용어 사전에 따르면 예전에는

'그라탱'이 너무 오래 익히거나 태워서 음식이 팬 바닥에 눌어붙은 것을 뜻했다고 하네요. 프랑스의 '그라탱'은 어쩌면 한국의 누룽지 같은 음식이었을까요?

그러데이션과 그라데이션

색깔을 칠할 때 한쪽을 짙게 하고 다른 쪽으로 갈수록 차츰 엷게 나타나도록 하는 미술 용어를 흔히 '그라데이션'이라고 하죠? 일상에서는 얼굴 화장을 할 때 자주 쓰이는 말입니다. 매체 용어로는 그림, 사진, 인쇄물 따위에서 밝은 부분부터 어두운 부분까지 변화해가는 농도의 단계를 뜻하는데요. **'그라데이션'은 바른 외래어 표기가 아니고 '그러데이션gradation'이 맞습니다.** 갑자기 화를 내는 모습을 '그라데이션 없는 급발진'이라고 표현하거나 서서히 화가 치미는 모습을 '그라데이션 분노를 보여줬다'는 식으로 쓰기도 하죠. 모두 '그러데이션'으로 표기해야 합니다.

미술 용어 '그러데이션'은 순우리말 '바림'과 같은 말이기도 합니다. '바림' 또는 '바림질'은 한쪽을 짙게 하고 다른 쪽으로 갈수록 엷어지게 하는 일을 말하며, 민화나 동양화를 그릴 때 물을 바르고 마르기 앞서 물감을 먹인 붓을 대어 번지면서 흐릿하고 깊이 있는 색이 살아나도록 하는 일을 뜻하기도 합니다.

난센스와 넌센스

이치에 맞지 아니하거나 평범하지 아니한 말 또는 일을 뜻하는
외래어를 '넌센스'나 '넌쎈스'로 쓰셨다면 그건 난센스입니다.
표준어는 '난센스 nonsense'이니까요. 국립국어원에서는 이 말을
'당찮은 말' 또는 '당찮은 일'로 순화한 바 있습니다.

난센스 문제, 그러니까 당찮은 문제 하나 드릴게요.
딸기가 직장을 잃으면?

정답 딸기시럽

내비게이션과 네비게이션

모르는 길뿐만 아니라 아는 길도 내비게이션을 켜고 운전하면 실시간 교통 상황을 알 수 있어서 편리하죠. 이처럼 지도를 보이거나 지름길을 찾아 자동차 운전을 도와주는 장치나 프로그램을 뜻하는 외래어는 '**내비게이션**navigation'입니다.

영어 'navigation [ˌnævɪˈɡeɪʃn]'의 발음 정보를 참고하면 na의 발음이 [næ]이므로 '내'로 표기해야 맞기에 '네비게이션'으로 쓰는 건 바르지 않습니다. 국립국어원에서는 이 말을 '길도우미' 또는 '길안내기'로 다듬었는데요. '내비게이션'이 이미 널리 쓰이고 있어서 우리말로 바꿔 쓰기엔 너무 먼 길로 우리를 인도한 건 아닌가 싶네요.

라이선스와 라이센스

상품 디자인을 도용하거나 허가 없이 유통할 경우 법적 책임이
발생하는 건 당연한 일입니다. 이때 흔히 사용하는 말 중에 '라
이센스'와 '카피라잇'이 있는데요. 외래어 표기법에 맞게 쓴다
면 '라이선스'와 '카피라이트'입니다.

라이선스 license

(1) 행정상의 허가나 면허. 또는 그것을 증명하는 문서.

(2) 수출입이나 그 밖의 대외 거래의 허가. 또는 그 허가증.

(3) 외국에서 개발된 제품이나 제조 기술의 특허권. 또는 그것의 사용을
    허가하는 일.

카피라이트 copyright

: 저작권

라이선스는 '사용권', '허가장', '면허장', '특허권' 등으로 상황
에 맞게 적절히 순화해서 사용하고, '카피라이트'도 '저작권', '판
권' 등으로 다듬어서 쓰면 누구나 쉽게 이해할 수 있겠죠?

저작권을 의미하는 '카피라이트'와 반대되는 개념으로, 지적 창작
물에 대한 권리를 모든 사람이 공유할 수 있도록 하는 것, 또는 그
운동을 '카피레프트copyleft'라고 합니다. 이 말은 '저작권 공유'로
다듬어서 쓸 수 있습니다.

랑데부와 랑데뷰

프랑스어에서 온 외래어가 일상에서 흔히 쓰일 때가 있는데요. 특정한 시각과 장소를 정해 하는 밀회를 뜻하는 '랑데부rendez-vous'도 그렇습니다. 밀회뿐 아니라 인공위성이나 우주선이 우주 공간에서 만나는 일도 '랑데부', 군대나 배가 집결하는 장소나 지점도 '랑데부'라고 합니다. 그런데 표기를 틀릴 때가 많죠?

앞선 타자가 홈런을 친 뒤 바로 다음 타자가 홈런을 치는 경우를 흔히 '랑데뷰 홈런'이라고 하는데요. 이때 '랑데뷰'라고 쓰면 틀립니다. 프랑스어 'rendez-vous'는 국제 음성 기호와 한글 대조표에 따라 '랑데부'라고 표기합니다.

사실 야구에서 쓰이는 '랑데부 홈런'은 프랑스어를 차용한 일본식 표현으로, 영어권에서는 '백투백 홈런'으로 쓰입니다. 우리 말로는 '연속 홈런', '연속 타자 홈런'으로 다듬은 바 있습니다.

◉ **외래어 여겨보기** ··

또 다른 프랑스어 '데자부'는 어떨까요? '데자부'는 '랑데부'와 다릅

니다. 기시감, 기시체험을 뜻하는 심리 용어를 '데자부', '데자뷰' 등
으로 잘못 쓰기 쉽지만 바른 표기는 '데자뷔 déjà vu'입니다. 하지만
표준국어대사전에 등재된 표제어는 아니라는 점을 함께 기억해두
면 좋겠습니다.

레모네이드와 레몬에이드

레몬, 레몬그라스, 레몬산, 레몬색, 레몬수, 레몬스쿼시, 레몬옐로, 레몬유, 레몬주스, 레몬차…….

모두 '레몬-'으로 시작하는 표제어인데요. '레몬'이 아닌 '레모-'로 시작하는 외래어가 딱 한 개 있습니다. 바로 '레모네이드 lemonade'입니다. 그동안 '레몬에이드'로 썼다면 틀립니다. **영어 'lemonade'의 바른 외래어 표기는 '레모네이드'입니다.**

카페에 가면 자몽에이드, 딸기에이드, 청포도에이드, 망고에이드 등 에이드 종류가 정말 다양한데요. 표준국어대사전에 등재된 에이드는 단 두 개로, '레모네이드'와 '오렌지에이드'가 있습니다.

◉ 우리말 여겨보기

과실의 살과 즙을 섞어 밭은 것, 또는 과즙에 설탕, 꿀 따위를 넣어 맛을 낸 음료를 '에이드'라고 합니다. 이때 '밭다'는 건더기와 액체가 섞인 것을 체나 거르기 장치에 따라서 액체만을 따로 받아내다의 뜻입니다.

론칭과 런칭

어떤 제품이나 상표의 공식적인 출시를 알리는 행사를 '런칭쇼'라고 합니다. 언제부터 이런 행사를 영어로 표현하기 시작했을까요? 신문 자료를 살펴보면 1996년 기사에도 '런칭'이라는 표현이 나오는 걸 알 수 있습니다. 그런데 외래어 표기법에 맞게 쓰려면 **'런칭'이 아니라 '론칭**launching**'**입니다. '런칭'은 'lunching'의 외래어 표기라서 'lunching party'라고 하면 점심 모임이나 점심 자리로 오해할 상황이 생길 수도 있겠죠?

'론칭'이란 말이 이미 널리 쓰이고 있긴 하지만 우리말로 표현해볼 수도 있습니다. 국립국어원에서는 외래어 '론칭'을 '사업 개시', '신규 사업 개시'로 다듬기도 했습니다.

▶ 새 사업을 론칭했다. → 새 사업을 열었다. / 새 사업을 시작했다.
▶ 내일 론칭쇼가 있어서 기대된다.
　 → 내일 신제품 발표회가 있어서 기대된다.

루주와 루즈

립스틱, 립밤, 립크레용, 립버터, 립틴트, 그리고 루주까지. 입술 관련 제품들이 참 많죠? 이 중 '루주rouge' 얘기를 해볼 텐데요. '루주'를 '루즈'로 표기하는 건 바르지 않습니다. 프랑스어 'rouge'의 발음 기호는 [ru : ʒ]로, 마찰음 [ʒ]는 어말에서 '주'로 표기하기 때문에 '루주'가 맞습니다.

'루주'는 화장할 때 입술에 바르는 연지를 뜻하는 말로 립스틱과 같은데요. 이때 '연지'는 '연지 곤지' 할 때 그 '연지'가 맞습니다. 화장할 때 입술이나 뺨에 찍는 붉은 빛깔의 염료를 '연지', 전통 혼례에서 신부가 단장할 때 이마 가운데 연지로 찍는 붉은 점을 '곤지'라고 합니다. 입술과 뺨에 찍는 연지를 이마 가운데 찍으면 곤지가 되는 것입니다.

배턴과 바톤

이어달리기 경기에서 앞 주자가 다음 주자에게 막대기를 넘겨
주다가 떨어뜨리는 일이 종종 일어나는데요. 이때 사용하는 막
대기를 뜻하는 외래어는 무엇일까요? 이를 '바톤'이라고 쓰면
틀립니다.

배턴 baton

『체육』 릴레이 경기에서, 앞 주자가 다음 주자에게 넘겨주는 막대기. ≒계
주봉, 바통.

배턴존 baton zone

『체육』 릴레이 경기에서, 배턴을 넘겨주고 넘겨받기 위하여 정한 구역. 출
발선에서 20미터까지의 구역이다.

배턴터치 baton touch

『체육』 릴레이 경기에서, 달리는 주자가 다음 주자에게 배턴을 넘겨주
는 일.

체육에서 쓰는 '배턴'은 복수 표준어인 '바통'으로 써도 맞지만 '바톤'으로 표기하는 건 바르지 않습니다. 하나 더 알려드리자면, 배턴의 복수 표준어 '바통'에는 체육 용어 말고도 또 다른 뜻이 있습니다. 권한이나 의무, 역할 따위를 주고받음을 비유적으로 이르는 말로 '나는 바통을 넘겨받아 일을 진행했다', '흥행 바통을 이어받을 배우는 누구?' 따위로 쓸 수 있습니다.

보닛과 본네트

영국에는 부활절에 '보닛'이라고 불리는 모자를 꾸미는 전통이 있습니다. 이 모자 위에 부활절을 상징하는 토끼, 달걀, 봄꽃 등을 올리는 건데요. 우리나라에서는 '보닛'을 모자보다는 자동차와 관련된 말로 아는 경우가 더 많습니다. 흔히 '본네트'라고 표현하죠?

보닛 bonnet

(1) 여자나 어린아이들이 쓰는 모자의 하나. 턱 밑에서 끈을 매게 되어 있다.

(2) 자동차의 엔진이 있는 앞부분의 덮개.

'본네트', '본넷', '보네트', '보넷' 등으로 잘못 쓰이는 이 말, 외래어 표기법에 맞는 표현은 '보닛'입니다. **모자도 '보닛'이고 자동차 덮개도 '보닛'입니다.** 이와 비슷하게 표기를 틀리는 단어가 또 있는데요. 사무용 서류나 물품 따위를 넣어 보관하는 장을 뜻하는 '캐비닛 cabinet'도 '캐비넷', '캐비네트' 등으로 쓰는 건 바르지 않습니다.

▶ 캐비닛에 작년에 만든 보닛이 있을 거야. [○]

▶ 캐비넷에 작년에 만든 보넷이 있을 거야. [×]

셔벗과 샤베트

과즙에 물, 우유, 설탕 따위를 섞어 얼린 얼음과자를 뜻하는 이
것. 특히 더운 여름에 찾는 분들이 많을 텐데요. '샤베트', '셔버
트', '샤벳'이 아니라 '셔벗sherbet'이 바른 표기입니다.

'소르베sorbet'도 있습니다. 사전에 등재된 '셔벗'과 달리 사전
에 없는 '소르베'는 프랑스어에서 온 말인데요. 셔벗과 비슷하
지만 우유를 넣지 않고 만든다는 점이 다르다고 하네요.

'셔벗'과 '소르베' 얘기를 했는데 '젤라토gelato'가 빠지면 섭섭
하죠. 이탈리아어로 아이스크림을 뜻하는 '젤라토'를 '젤라또'
로 잘못 표기하는 일이 많은데요. 외래어 표기법에 따르면 파열
음 표기에는 된소리를 쓰지 않는다는 원칙이 있어서 '젤라토'가
맞습니다.

👁 **외래어 여겨보기** ....

이탈리아 요리이지만 쌀로 만들어서 우리와 친숙한 요리가 있습니
다. 쌀을 수프와 백포도주로 삶아서 사프란이나 치즈 따위를 넣고
만드는 이 요리는 '리조또', '리소또'가 아니라 '리소토risotto'가 바
른 외래어 표기입니다.

소시지와 소세지,
메시지와 메세지

▶ **퇴근길에 소세지를 사 오라고 메세지를 보냈다.** [×]

위 예문을 외래어 표기법에 맞게 쓰려면 '퇴근길에 소시지를
사 오라고 메시지를 보냈다'고 해야 합니다.

소시지 sausage [ˈsɔːsɪdʒ / ˈsɒsɪdʒ]

메시지 message [ˈmesɪdʒ]

[s] 발음은 모음 앞에서 'ㅅ'으로 적어야 하고, 음성 기호 [ɪ]는
'ㅔ'가 아니라 'ㅣ'로 표기하기 때문에 '소세지'나 '메세지'가
아니라 '소시지', '메시지'가 맞습니다. 볼로냐 소시지도, 비엔
나 소시지도, 프랑크푸르트 소시지도, 그리고 문자 메시지도,
경고 메시지도, 응원 메시지도 모두 '소시지'와 '메시지'가 맞는
표현입니다.

외래어는 외래어 표기법이 따로 있을 만큼 표기가 정해져 있는
데요. 그렇기에 그것을 규범 표기로 삼아서 통일해 쓰는 것이
좋겠죠? 정해지지 않은 한글로 각자의 발음에 따라 뒤죽박죽

쓰기 시작하면 나중엔 무슨 말인지 모르게 될 수도 있을 테니까요. 외래어 표기법 표기 일람표는 '국립국어원 누리집 어문 규범 찾기-외래어 표기법'에서 자세히 확인할 수 있습니다.

슈퍼마켓과 수퍼마켓

'수퍼'를 '슈퍼'라고 쓰거나 발음하면 괜스레 핀잔을 받기도 할 겁니다. "촌스럽게 슈퍼가 뭐냐" 하면서 말이죠. 그런데 그렇게 핀잔을 주는 사람의 영어 발음이 아무리 좋더라도 바른 외래어 표기법은 '슈퍼super'입니다. 'super'의 발음 기호 [|suːpə(r)/|sjuːpə(r)]를 기준으로 한글 표기를 했기 때문입니다. '슈퍼맨', '슈퍼박테리아', '슈퍼스타', '슈퍼컴퓨터', '슈퍼헤비급' 모두 '슈퍼'로 표기해야 합니다.

'마켓market'을 '마켙'으로 쓰는 일도 종종 볼 수 있는데요. 외래어 표기의 받침에는 'ㄱ, ㄴ, ㄹ, ㅁ, ㅂ, ㅅ, ㅇ'만 쓰인다는 걸 기억하세요.

스트로와 스트로우

빨대의 외래어 표기를 올바르게 알고 있는 분들은 손에 꼽을 것 같은데요. '스트로우'가 아니라 '스트로straw'가 맞습니다. 외래어 표기에서는 장음 표기를 하지 않기 때문에 'straw[strɔ:]'에 장음이 있더라도 '스트로'까지만 씁니다. 딸기의 외래어 표기를 함께 생각해보면 좋을 텐데요. 'strawberry'의 표기는 '스트로베리'로 잘 쓰이고 있잖아요? **딸기를 '스트로우베리'로 쓰지 않는 것처럼 빨대도 '스트로'가 맞습니다.** 비슷한 예로 무지개를 뜻하는 외래어는 '레인보우'가 아니라 '레인보rainbow'입니다.

장음 발음 때문이 아니더라도 '-우'를 붙이면 틀리는 외래어 표기가 더 있는데요. 창문을 뜻하는 외래어도 '윈도우'가 아니라 '윈도window', 노란색을 뜻하는 외래어도 '옐로우'가 아니라 '옐로yellow', 눈을 뜻하는 외래어도 '스노우'가 아니라 '스노snow'가 맞습니다. 겨울에 즐겨 하는 운동도 '스노우보드'가 아니라 '스노보드'입니다.

스프링클러와 스프링쿨러

물을 흩어서 뿌리는 기구로, 작물이나 잔디에 물을 주는 데 사용하거나 건물의 천장에 설치해 실내 온도가 70℃ 이상이 되면 자동으로 물을 뿜는 자동 소화 장치로도 사용하는 이것. 한자어로는 '살수기撒水器', 외래어로는 '스프링클러sprinkler'라고 합니다.

그런데 흔히 '스프링쿨러'로 잘못 사용하는 경우가 많죠? 아마도 '쿨'을 차갑다는 뜻의 '쿨cool'로 착각한 건 아닐까 싶습니다. 물이 차가워서 '쿨'이 아니라 뿌린다는 뜻의 영어 '스프링클sprinkle'이라서 '스프링클러'입니다.

앙코르와 앵콜

"앵콜! 앵콜!"

뮤지컬 공연장에 가면 미리 정해진 커튼콜 시간이 있을 때는 무대 위를 촬영하는 것도 가능한데요. 손이 두 개뿐이라서 촬영과 박수 치기를 동시에 할 수 없다는 단점도 있습니다. 무대 위 촬영도 하고 싶고 출연자를 향해 박수도 치고 싶고. 둘 다 할 수 없어 슬픈 두 손입니다.

그래도 '앵콜'만큼은 큰 목소리로 제대로 외칠 수 있죠? 프랑스어에서 온 이 말, **바른 외래어 표기는 '앙코르'입니다.**

> **앙코르**encore
>
> (1) 출연자의 훌륭한 솜씨를 찬양하여 박수 따위로 재연을 청하는 일. ≒재청.
>
> (2) 호평을 받은 연극이나 영화 따위를 다시 상영하거나 방송하는 일.

"앙코르! 앙코르!"

외래어 '앙코르'는 '재청'으로 바꿔 쓸 수도 있는데요. '재청'은 한자 다시 재再, 청할 청請을 씁니다.

알레르기와 알러지

외래어는 가능한 한 원어 발음에 가깝게 적습니다. 독일어에서 파생된 외래어 '알레르기allergie'는 영어식 표기인 '알러지'가 아니라 독일어에 가깝게 '알레르기'로 써야 합니다.

알레르기는 어떤 사물이나 현상을 거부하는 심리적 반응을 비유적으로 이르는 말로도 쓰여 '내 친구는 정치 얘기만 꺼내면 심한 알레르기 반응을 보인다'처럼 활용할 수 있는데요. 우리말로는 '거부 반응'이나 '과민 반응'으로 순화할 수 있습니다.

애드리브와 애드립

▶ 박지민 아나운서는 능숙한 (애드립/에드립/애드리브)를 선보였다.

라틴어 'Ad Libitum'의 줄임말로, 사전에서는 'ad lib'에서 온 외래어로 소개하는 이 말의 바른 표기는 '애드리브'입니다. 이번엔 국어사전이 아니라 영어사전을 먼저 볼까요?

| **ad libitum [æd-líbitəm]**
| (연주자의) 임의로

'애드리브'는 음악 용어로 쓰일 때는 연주자가 일정한 코드 진행에 따라 즉흥적으로 하는 연주를 뜻합니다. 연기 용어로 쓰일 때는 출연자가 대본에 없는 대사를 즉흥적으로 하는 일 또는 그런 대사를 이르는데요. '애드립'이 아닌 이유는 어말과 모든 자음 앞에 오는 유성 파열음([b], [d], [g])은 '으'를 붙여 적는다는 외래어 표기법에 따른 것입니다(외래어 표기법 제3장 제1절 제2항).

액세서리와 악세사리

정보통신에서 쓰는 말로, 기억 장치에 데이터를 쓰거나 기억 장치에 들어 있는 데이터를 탐색하고 읽는 과정을 '액세스access'라고 합니다. 또 중앙처리장치에서 데이터를 요구하는 명령을 내린 순간부터 데이터를 주고받는 것이 끝나는 순간까지의 시간을 '액세스타임access time'이라고 하는데요. '액세스'와 '액세스타임'은 '악세-'라고 쓰지 않는데 유독 **'액세서리accessory'**만 '악세사리' 또는 '악세서리'로 잘못 쓰이고 있죠?

'액세서리'인지 '악세사리'인지 헷갈릴 땐 '장신구'나 '장식품' 같은 말로 바꿔 쓸 수도 있겠네요.

엔도르핀과 엔돌핀

포유류의 뇌 및 뇌하수체에서 추출되는 물질을 통틀어 이르는 말은 '**엔도르핀**endorphin'인데요. '엔돌핀'으로 잘못 쓰일 때가 종종 있습니다. '엔도르핀'은 흔히 행복한 때에 비유해서 '행복의 엔도르핀이 나온다', '승리는 우리에게 엔도르핀을 선사한다'처럼 쓰이기도 하죠? '엔도르핀'은 '모르핀morphine'과 같은 진통 효과가 있는데요. 이때 '모르핀'도 '몰핀'으로 쓰는 건 바른 외래어 표기가 아닙니다.

재킷과 자켓

음반의 커버(겉표지)를 '자켓'이라고 해서 '아이돌 자켓 촬영 현장'이라는 말을 쓰곤 하죠. 그런데 **바른 외래어 표기는 '자켓'이 아니라 '재킷'입니다.**

재킷 jacket

(1) 앞이 터지고 소매가 달린 짧은 상의. 보통 털실 따위의 모직물로 만든다.

(2) 음반의 커버.

'ㅐ'를 'ㅑ'로 잘못 쓰는 일은 외래어 표기에서 흔한데요. '배터리'를 '밧데리'로, '액세서리'를 '악세사리'로, '샐러드'를 '사라다'로 잘못 쓰지 않도록 유의해야겠습니다.

◉ **외래어 여겨보기**
⌐‐‐‐

세계 최고를 타겟으로 삼고 일을 열심히 했다? 이 문장에서 '타겟'은 틀린 표기입니다. 어떤 일의 목표 또는 공격이나 비난의 대상을 뜻하는 외래어는 '타겟'이 아니라 '타깃target'입니다. 이처럼 외래어 표기에서 'ㅣ'를 써야 할 자리에 'ㅔ'를 잘못 쓰는 일이 많은데 요. 작고 동그랗게 만든 음식을 뜻하는 '너깃nugget'도 '너겟'으로 쓰면 외래어 표기법에 맞지 않습니다.

카디건과 가디건

크림 전쟁에 참가했던 영국 카디건 백작 가문Earl of Cardigan의 제임스 토마스 브루드넬James Thomas Brudenel은 추운 전쟁터에서 다친 병사들이 쉽게 입고 벗을 수 있게 니트로 만든 스웨터를 고안했습니다. 이 옷이 바로 '카디건cardigan'입니다.

이 카디건을 '가디건'이나 '가디간'으로 잘못 쓰는 일이 있는데요. 바른 외래어 표기는 '카디건'입니다.

캐러멜과 카라멜

▶ 영한이는 여러 개의 (캐러멜/카라멜)을 입에 가득 넣고 오물거
리고 있었다.

위 예문에서 올바른 외래어 표기는 무엇일까요? 정답은 '캐러
멜caramel'입니다. 'Canada'의 외래어 표기가 '카나다'가 아니
라 '캐나다'인 것처럼, 골프에서 경기자가 수월히 경기할 수 있
도록 도움을 주는 사람을 뜻하는 'caddie'가 '카디'가 아니라
'캐디'인 것처럼 '카라멜'이 아니라 '캐러멜'이 맞습니다.

◉ 순화어 여겨보기

양파 수프의 요리법을 보면 "양파를 캐러멜라이즈해서", "오래 볶
을수록 캐러멜라이즈되어 단맛이 나고"와 같은 표현이 나오는데요.
'캐러멜라이즈'는 약한 불로 가열해 음식 재료를 변화시키는 것을
뜻합니다. 하지만 사전엔 없는 말로, 우리말답게 쓰고 싶다면 '캐러
멜화된', '설탕 등으로 볶은' 따위가 적당하겠죠?

커튼과 커텐

요즘엔 따로 업체를 부르지 않고 스스로 인테리어를 하는 분들이 참 많은데요. 커튼 정도는 거뜬히 다는 모습도 주변에서 흔히 볼 수 있습니다. 그런데 이때 '커튼curtain'을 '커텐'으로 잘못 쓰는 일도 흔하죠?

창이나 문에 치는 휘장도 '커튼'이지만 극장이나 강당의 막도 '커튼'입니다. 그래서 공연이 끝나고 막이 내린 뒤 관객이 환성과 박수를 계속 보내어 무대 뒤로 퇴장한 출연자를 무대 앞으로 다시 나오게 불러내는 일은 '커튼콜'이라고 하고, 무대 조명이나 불을 끈 어두운 상태에서 막을 내리는 일은 '다크커튼', 무대 조명이나 불이 켜져 있는 채로 무대를 전환하는 일은 '라이트커튼'이라고 합니다.

카페나 식당 같은 일부 매장 입구에는 '에어커튼'이 있는데요. 공기 흐름을 조절하는 방법의 하나로, 온습도를 조절한 공기를 분류에 의해 다른 공기 흐름과 차단, 분리하는 것을 말합니다. 이때에도 '커텐'이 아니라 '커튼'을 써야 바른 외래어 표기입니다.

컬래버레이션과 콜라보레이션

영어 단어 'collaboration'의 철자가 맞는지만 고민하고 바른 외래어 표기는 무엇인지 고민해본 적이 없었다면 지금 함께 생각해볼까요? 복수의 인원이 함께 작업해 하나의 작품을 생산, 구성하는 것이나 그러한 과정을 뜻하는 말은 '컬래버레이션'입니다. 흔히 '콜라보레이션'으로 잘못 쓰이곤 하는데요. 줄여서 '콜라보'로도 널리 쓰이지만 정확한 외래어 표기는 '컬래버레이션'입니다.

언제부턴가 이 가수와 저 가수가 함께 노래를 만들어도 '콜라보'를 했다고 하고, 이 브랜드와 저 브랜드가 함께 물건을 개발해도 '콜라보'라고 합니다. '컬래버레이션'은 '합작', '협업', '공동 작업', '공동 출연' 등 상황에 맞게 누구나 알기 쉬운 말로 다듬어서 쓸 수 있습니다. 하지만 꼭 영어를 한글로 표기해야 한다면 '컬래버레이션'으로 외래어 표기법에 맞게 쓰면 좋겠죠?

케이크와 케잌과 케익

외래어 표기에서는 받침으로 쓰지 않는 자음들이 있습니다. 받침으로 올 수 있는 소리는 'ㄱ, ㄴ, ㄹ, ㅁ, ㅂ, ㅅ, ㅇ' 이렇게 일곱 개인데요. 'ㅋ'이 포함되지 않았죠? 그래서 'cake'는 '케잌'으로 쓸 수 없습니다. 또 외래어 표기 규정에 어말과 자음 앞의 [p], [t], [k]는 '으'를 붙여 적는다는 내용이 있습니다. '케익'으로 쓰지 않고 '케이크'로 쓰는 이유입니다.

달콤한 케잌, 달콤한 케익이 아니라 달콤한 케이크가 맞습니다.

코듀로이와 골덴

거죽에 곱고 짧은 털이 촘촘히 돋게 짠 비단을 '벨벳velvet'이라
고 합니다. 비슷한 말로 '비로드'와 '우단羽緞'이 있죠. 또 우단
과 비슷한 옷감으로 누빈 것처럼 골이 지게 짠 것은 '**코듀로이**
corduroy'고, 코듀로이와 비슷한 말로 '**코르덴**'이 있습니다. '코듀
로이' 또는 '코르덴'을 '골덴'으로 쓰는 일이 흔한데요. 골덴은
영어를 일본어 투로 읽은 것이라 바른 외래어 표기가 아닙니다.
아이들은 어른들의 말을 빠르게 흡수하기 때문에 '코르덴 점퍼
의 지퍼를 올리라'는 말을 '골덴 잠바의 자크를 올리라'고 말하
는 어른 밑에서 컸다면 커서도 '골덴 잠바의 자크를 올린다'고
말하는 어른이 되겠죠? 외래어 표기법에 맞게 '코르덴 점퍼의
지퍼를 올린다'고 말할 수 있는, 바른 우리말과 외래어 표기를
잘 아는 아이들이 지금보다 더 많아지길 기대해봅니다.

크루아상과 크로와상

'빵'은 포르투갈어 'pão'에서 온 단어입니다. 그렇다면 프랑스어 '초승달croissant'에서 온 말로, 초승달 모양으로 만든 작은 빵은 우리말로 어떻게 표기할까요? 'croissant'은 '크로와상'이 아니라 '크루아상'이 바른 표기입니다.

> ▶ **32겹 크루아상 생지로 만든 도넛츠** [×]

그렇다면 위 예문에서 틀린 부분은 무엇일까요? 고리 모양으로 만들어 기름에 튀긴 과자를 뜻하는 말은 '도넛츠'나 '도나츠'가 아니라 '도넛doughnut'입니다.

텀블링과 덤블링

손흥민 골 세리머니, 양궁 세리머니 등 운동 경기에서 득점을
한 선수들의 흥미로운 세리머니를 보는 재미가 있죠? 그중 덤
블링 세리머니, 백 덤블링 세리머니도 있을 텐데요. 그런데 여
기서 '덤블링'의 표기를 틀릴 때가 많습니다. **바른 외래어 표기
는 '덤블링'이 아니라 '텀블링'입니다.**

텀블링tumbling
(1) 두 손을 땅에 짚고 두 다리를 공중으로 쳐들어서 반대 방향으로 넘는
    재주. = 공중제비
(2) 『체육』 여러 사람이 손을 맞잡거나 어깨에 올라앉는 것과 같은 동작으
    로 여러 가지 모양을 만듦. 또는 그런 체조. ≒조립 체조

또 한 가지, '세리머니'도 '세레모니'나 '세레머니'로 잘못 쓰기
쉬운데요. ceremony의 외래어 표기는 '세리머니'입니다. 국립국
어원에선 '골 세리머니'를 '득점 뒤풀이'로 순화한 바 있습니다.

티케팅과 티켓팅

2012년 국어심의회 회의에 나온 순화어 중 '티케팅ticketing'이 있습니다. 당시에는 '표 사기', '표 팔기'로 순화했지만 오랜 시간이 지난 지금도 '티케팅'이라는 말이 널리 쓰이는데요. 또 갈수록 경쟁이 심해져서 '피 튀기는 티케팅'이라는 뜻의 '피케팅'이라는 말도 생겼습니다. 그만큼 일부 공연들은 인기가 많아 표를 구하기 힘들다는 거겠죠?

외래어 '티케팅'이든 신조어 '피케팅'이든, **규범 표기는 '-켓팅'이 아니라 '-케팅'입니다.** 이와 비슷한 표기 중에 '마켓팅'도 있죠. 이 역시 '마켓팅'이 아니라 '마케팅'으로 표기해야 바른 표현입니다.

👁 **외래어 여겨보기** ··

또 다른 의미의 '피케팅'이 사전에 있습니다.

피케팅 picketing
『사회 일반』 노동 쟁의 때에, 조합원들이 공장이나 사업장의 출입구에 늘어서거나 스크럼을 짜서 파업의 방해자를 막고 동료 가운데 변절자를 감시하는 일.

피켓 picket

(1) 어떤 주장을 알리기 위하여 그 내용을 적어서 들고 다니는 자루 달린 널빤지.

(2) 『사회 일반』 노동 쟁의 때에, 내부에 변절자가 생기지 아니하도록 하기 위하여 노동자 측에서 내보내는 감시인.

포일과 호일

양은 냄비에 라면을 맛있게 끓여 먹는 장면이 대중매체에 많이
나오는데요. 하지만 아무리 맛있어도 삼가야겠습니다. 양은 냄
비 속 알루미늄이 조리 도중 녹아 나올 수 있다고 하죠? 이뿐
아니라 고기를 알루미늄 포일 위에 올려 구워 먹을 때도 포일
속 알루미늄이 녹아 나올 수 있다고 하니 조심해야겠습니다.

조심해야 할 것이 더 있습니다. 외래어 '포일foil'을 '호일'로 잘
못 쓰는 일이 흔한데요. 일부 제품의 이름이 아예 '호일'인 것
도 한몫하겠죠? 바른 외래어 표기법은 '포일'입니다. 외래어
표기법의 국제 음성 기호와 한글 대조표에 따르면 'f'는 모음
앞에서는 'ㅍ'으로, 자음 앞이나 어말에서는 '프'로 표기합니
다. '카헤'가 아니라 '카페cafe'이고, '화이팅'이 아니라 '파이팅
fighting'인 것처럼 **'호일'이 아니라 '포일'입니다.**

👁 **외래어 여겨보기** ⸻⸻⸻⸻⸻⸻⸻⸻⸻⸻⸻⸻⸻⸻⸻⸻⸻⸻⸻⸻⸻

  '알루미늄 포일'을 '알미늄 포일'로 쓰는 일도 있는데요. 바른 외래
어 표기는 '알루미늄aluminium'입니다. 그래서 '알미늄 샷시'가 아

233

니라 '알루미늄 새시'가 맞습니다. 또 부엌에서 알루미늄 포일만큼 자주 쓰이는 게 '랩wrap'일 텐데요. 외래어 표기에서 'ㅍ'은 받침으로 쓰지 않기 때문에 '랲'이 아니라 '랩'이 맞습니다.

프라이드치킨과 후라이드치킨

자신의 존재 가치, 소유물, 행위에 대한 만족에서 오는 자존심을 '프라이드'라고 합니다. 영어 'pride'에서 온 말이죠? 그리고 K-푸드의 프라이드라고나 할까요? 닭튀김을 뜻하는 치킨을 표현할 때도 '후라이드치킨'이 아니라 '프라이드치킨'이라고 씁니다. 앞서 설명한 것처럼 'foil'이 '포일'이듯이 'fried'는 '프라이드'가 맞습니다.

그래서 '화이널', '화일', '후라이팬', '후루트칵테일', '후레시'가 아니라 '파이널 final', '파일 file', '프라이팬 frypan', '프루트 칵테일 fruit cocktail', '플래시 flash'라고 써야 합니다. '파이팅 fighting'도 마찬가지인데요. 영어권에선 쓰이지 않는 말이지만 우리가 흔히 쓰는 이 표현도 '화이팅'이 아니라 '파이팅'이 바른 표기입니다. '파이팅'은 '힘내자', '아자아자'로 순화된 적도 있지만 요즘엔 K-콘텐츠의 영향으로 해외에서도 한국식 외래어인 '파이팅'을 자주 쓴다고 하니 그냥 '파이팅'이라고 해도 괜찮을 것 같죠?

외래어 문제

내용을 잘 익혔는지 확인해볼까요?
밑줄 친 부분을 외래어 표기법에 맞게 고치세요.

① 이 카페는 <u>크로와상</u> 맛집이래. →

② 그 <u>자켓</u> 정말 잘 어울린다. →

③ 신제품을 성공적으로 <u>런칭</u>했다. →

④ 집 가는 길에 <u>수퍼마켙</u>에 들러 필요한 물건을 샀다. →

⑤ 아이돌과 배우가 <u>콜라보레이션한</u> 노래가 발표되었다. →

⑥ 그 건물에는 <u>스프링쿨러</u>가 설치되어 있다. →

⑦ <u>티켓팅</u> 성공하는 비법 좀 알려주세요. →

⑧ 햇빛이 세서 눈부시니까 <u>커텐</u> 좀 칠까? →

⑨ 환절기가 되니 알러지가 더 심해졌다. →

⑩ 레몬에이드 한 잔 주세요. →

⑪ 나는 사탕보다 카라멜이 더 좋아. →

⑫ 이 그림은 무지갯빛 그라데이션이 특징이다. →

⑬ 오늘 도시락 반찬은 소세지 볶음이야. →

⑭ 그 골덴 셔츠 정말 잘 어울린다! →

⑮ 날씨가 추워져서 가디건을 꺼내 입었다. →

정답 ① 크루아상 ② 재킷 ③ 론칭했다 ④ 슈퍼마켓에 ⑤ 컬래버레이션한
⑥ 스프링클러가 ⑦ 티케팅 ⑧ 커튼 ⑨ 알레르기가 ⑩ 레모네이드
⑪ 캐러멜이 ⑫ 그러데이션이 ⑬ 소시지 ⑭ 코듀로이, 코르덴 ⑮ 카디건을

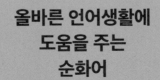

4장

올바른 언어생활에
도움을 주는
순화어

게양하다는 국기를 달다로

3·1절이나 광복절에 태극기를 게양하면서 국기를 게양한다고 말한다면 그건 잘못된 것 같습니다. '게양揭揚하다'가 일본어 투 표현이기 때문입니다. 기旗 따위를 높이 걸다는 뜻의 이 말, 어떻게 우리말답게 고쳐 쓸 수 있을까요?

▶ **태극기를 달다.**
▶ **국기를 올리다.**

명사 '게양'은 '닮', 또는 '올림'으로 다듬어서 쓸 수 있고, 동사 '게양하다'는 '달다', '기를 달다', '올리다', '기를 올리다'로 바꿔 쓸 수 있습니다. 국기를 다는 이야기를 하다 보니 사전에서 '태극기'를 찾아보신 적이 있는지 궁금한데요. 함께 살펴볼까요?

태극기 太極旗

대한민국의 국기. 흰 바탕의 한가운데 진홍빛 양陽과 푸른빛 음陰의 태극을 두고, 사방 대각선 상에 검은빛 사괘四卦를 둔다. 사괘의 위치는 건乾을 왼편 위, 곤坤을 오른편 아래, 감坎을 오른편 위, 이離를 왼편 아래로 한다.

조선 고종 19년(1882)에 일본에 수신사로 간 박영효가 처음 사용하고, 고종 20년(1883)에 정식으로 국기로 채택·공포되었다. 1949년에 문교부 고시로 현재의 형태로 확정되었다.

행정안전부에 따르면 태극기를 다는 날은 5대 국경일(3·1절, 제헌절, 광복절, 개천절, 한글날), 국군의 날, 현충일, 국장기간, 국민장일 및 정부지정일입니다. 2025년부터는 달력에 태극기 다는 날이 처음으로 표기된다고 하니 잊지 말고 태극기를 달기로 해요.

견습생은 수습생으로

사전에서 '견습見習'을 찾아보면 '견습', '견습공', '견습기자', '견습사원', '견습생'까지 다섯 개의 표제어가 나옵니다. 그런데 모두 표준어가 아닙니다.

'견습'은 일본식 한자어이기 때문에 '수습修習'으로 다듬어서 쓰는 것이 좋습니다. 즉 '수습공', '수습기자', '수습사원', '수습생'으로 바꿔 쓸 수 있겠죠? '수습'은 한자 닦을 수修, 익힐 습習을 쓰고 학업이나 실무 따위를 배워 익힘, 또는 그런 일을 뜻합니다.

'수습'의 동사형 '수습하다'와 한자가 다른 '수습收拾하다'도 함께 알아두면 좋겠죠? 한자 거둘 수收, 주울 습拾을 쓰는 '수습하다'는 흩어진 재산이나 물건을 거두어 정돈하다, 어수선한 사태를 거두어 바로잡다, 어지러운 마음을 가라앉히어 바로잡다의 뜻을 담고 있습니다. 각각 '전리품을 수습하다', '사고를 수습하다', '정신을 수습하다'처럼 쓸 수 있습니다.

고수부지는 둔치로

날씨가 따뜻할 때면 강바람 솔솔 부는 고수부지로 나들이하는 분들이 많죠? 그런데 여기서 '고수부지高水敷地'가 일본어 투 용어라는 거 아시나요? 한자 높을 고高, 물 수水, 펼 부敷, 땅 지地를 쓰는 '고수부지'는 사전에 표제어로 등재되어 있어서 무심코 쓰기 쉽지만, 일본어 투 생활용어라 우리말답게 다듬어야 합니다.

'고수부지'란 말이 널리 쓰이게 된 건 한강종합개발사업이 시작된 1982년 이후입니다. 이 사업으로 하천이 정비되고 시민 공원이 조성되면서 신문과 방송에서 '고수부지'라는 말을 쓰기 시작했고, 많은 사람들이 뜻도 모른 채 따라 말하기 시작한 것으로 알려져 있습니다. '고수'는 고수공사, 고수로와 같은 토목용어에서 나온 말이고, '부지敷地, しきち'는 비어 있는 터를 가리키는 일본식 한자어입니다.

우리가 사용하는 우리의 공간은 우리말로 쓰는 게 마땅할 텐데요. 국립국어원에서는 이 말을 '강턱', '둔치', '둔치 마당'으로 다듬었습니다. 이제 '둔치'는 한국인뿐 아니라 K-문화에 빠진 외국인의 치맥 장소로도 유명하죠? 큰물이 날 때만 물에 잠기

는 하천 언저리의 터, 물가의 언덕을 가리키는 말은 '고수부지'
가 아니라 '둔치'입니다.

곤색은 감색으로

잘 몰라서, 또는 알고도 귀찮아서 쓰는 일본어 잔재 표현이 범람하는 일상입니다. 그럴수록 더욱 애써서 함께 우리말을 지켜나가면 좋겠죠?

어두운 남색이 잘 어울리는 친구에게 "곤색이 참 잘 어울리네"라고 했다면 고쳐 말하는 게 좋은데요. '곤색'은 일본어 투 표현이기 때문입니다. 우리말 표현은 '감색紺色'입니다. '감紺'의 일본어 발음이 '콘こん'이고, 거기에 한자 '색色'이 붙은 말이 '곤색'인데요. 우리말이 있는데도 굳이 일본어를 쓸 필요는 없겠죠? '곤색'을 대신할 말은 '감색'을 빼고도 차고 넘칩니다.

감색, 감청색, 짙은 청색, 어두운 남색, 검남색, 진남색, 반물색

이 중 '반물색'이 눈에 띄네요. '반물'은 순우리말로, 검은빛을 띤 짙은 남색(반물색), 검은빛을 띤 짙은 남빛(반물빛)이라는 두 가지 뜻을 담고 있습니다. '반물색'을 뜻하는 '감색'이 잘 익은 감의 빛깔과 같은 진한 주황색을 뜻하는 '감색柿色'과 혼동된다면 순우리말인 '반물색', '반물빛'을 써보는 것도 좋겠네요.

공세를 펴다는 몰아붙이다로

▶ 친구가 자꾸 말로 공격해.
▶ 그 사람이 나한테만 공세를 펼치더라고.
▶ 상대 선수들의 맹공으로 지고 말았다.

공격하는 태세를 뜻하는 '공세攻勢', 남을 비난하거나 반대하여
나섬을 뜻하는 '공격攻擊', 맹렬히 나아가 적을 침을 뜻하는 '맹
공猛攻'은 모두 상대의 의견에 반대하는 상황을 표현하는 한자
어입니다. 언제부턴가 점점 세고 거칠게 느껴지는 우리말인데
요. 순화 대상어까지는 아니더라도 순우리말로 다듬어서 쓰면
그 강렬한 뜻을 조금 식힐 수는 있을 것입니다.

▶ 친구가 자꾸 말로 몰아쳐.
▶ 그 사람이 나만 몰아붙이더라고.
▶ 상대 선수들이 몰아쳐서 지고 말았다.

일상에서 흔히 쓰는 '공세', '공격', '맹공' 따위의 단어는 '몰아붙
이다', '몰아치다' 정도로 순화할 수 있습니다. '순화'라고 하면

한자어는 무조건 순화해야 한다거나 반드시 고유어로 만들어야 한다는 의식이 강한데요. 그것보다는 우리말을 아름답고 부드럽게 쓰는 것도 우리말을 바르게 지키는 방법 중의 하나라고 생각하면 좋겠죠? 자동차만 정비하지 말고 우리말도 정비하면 뜻을 더 바르게, 깨끗하게, 정확하게 쓸 수 있습니다.

굴삭기는 굴착기로

'굴삭기掘削機'와 '굴착기掘鑿機' 중 일본어 투 표현이 있는데요. 둘 다 사전에 등재된 표제어이고 또 표준어이기 때문에 구분하기가 힘듭니다. 땅이나 암석 따위를 파거나, 파낸 것을 처리하는 기계를 통틀어 이르는 '굴삭기'와 '굴착기' 중 어떤 것이 우리말일까요?

사전에는 '굴삭기'와 '굴착기'가 동의어로 나와 있지만 '굴삭기'는 일본어 투 표현이라 '굴착기'로 다듬어서 쓸 수 있습니다. 여태까진 몰라서, 혹은 무심코 썼더라도 알고 나서는 순화어인 '굴착기'로 표현하는 것이 좋겠죠?

한 SNS에서 해시태그 #굴삭기를 찾아보면 #굴삭기그램 #굴삭기운전기능사 #굴삭기기사 #굴삭기운전 #굴삭기자격증 등 '굴삭기'가 여전히 널리 쓰이는 걸 볼 수 있는데요. #굴착기 #굴착기그램 #굴착기운전 #굴착기체험 #굴착기장난감 등도 바짝 따라가고 있으니까요. 언젠간 바른 우리말 #굴착기가 일본어 투 표현 #굴삭기보다 많아지기를 기대합니다.

눈멀다

과녁을 보지 않고 마구 쏘아 아무렇게나 날아오는 총알을 '눈먼총알'이라고 하고, 애쓰지 않고 얻은 돈은 '눈먼 돈'이라고 합니다. 관용적으로 쓰인다고 하더라도, 아무리 사전에 있는 말이라고 해도 이러한 표현들은 시각 장애를 부정적으로 비유한 것입니다.

유탄
조준한 곳에 맞지 않고 빗나간 탄환.

공돈
노력의 대가로 생긴 것이 아닌, 거저 얻거나 생긴 돈.

굳이 다른 사람에게 상처 주는 말인 '눈이 멀었다'는 표현을 쓰지 않아도 얼마든지 다르게 말할 수 있습니다. '눈먼총알'은 '유탄'이나 '빗나간 총알'로, '눈먼 돈'은 '공돈' 또는 '주인 없는 돈'으로 상황에 맞게 바꿔 쓰면 어떨까요?

다반사는 예삿일로

▶ 그가 약속을 어기는 것은 항다반의 일이라 그러려니 한다.

'항다반恒茶飯'은 항상 있는 차와 밥이란 뜻으로, 항상 있어 이상하거나 신통할 것이 없음을 이르는 말입니다. 비슷한 말로 '다반茶飯', '일상다반日常茶飯'도 있는데요.

또 흔히 쓰는 말 중 '다반사茶飯事'도 있죠. 차를 마시고 밥을 먹는 일이라는 뜻으로, 보통 있는 예사로운 일을 이르는 말인데요. 그동안 잘 몰랐던 것은 바로 이 '다반사'가 일본어 투 용어라는 것입니다. 이제 알았으니 함부로 쓸 수 없겠죠? 우리말답게 쓰려면 '예삿일' 또는 '흔한 일'로 바꿀 수 있습니다.

예삿일

보통 흔히 있는 일. ≒예상일.

- 일이 하도 많아 밤샘 작업이 예삿일이 되었다.

'예삿일'을 쓸 때는 발음을 유의해야 합니다. 올바른 발음은 [예ː산닐]입니다.

단도리는 채비나 단속으로

여행을 갈 때는 주머니 단도리를 잘해야 한다는 말이 있죠? 주머니와 함께 우리말도 잘 챙겨야겠습니다. 일상에서 종종 쓰는 '단도리'는 일본어 투 표현으로, 국립국어원에서는 이 말을 다듬어서 써야 할 말로 정했습니다.

일본어 '단도리'는 '채비'나 '단속' 정도로 다듬을 수 있는데요. 채비는 '출근 채비', '겨울 채비에 바쁘다'처럼 어떤 일이 되기 위해 필요한 물건, 자세 따위가 미리 갖추어져 차려지거나 그렇게 되게 함을 뜻하며 '단속'은 주의를 기울여 다잡거나 보살핌을 의미합니다.

함께 알아두면 좋을 우리말에 '잡도리'도 있습니다. 순우리말 '잡도리'는 단단히 준비하거나 대책을 세움, 또는 그 대책을 의미하거나 잘못되지 않도록 엄하게 단속하는 일, 아주 요란스럽게 닦달하거나 족치는 일을 뜻하기도 합니다.

주머니는 단도리 하지 말고 채비하고, 단속하고, 잡도리합니다.

땡땡이 무늬는 물방울 무늬로

#땡땡이원피스 #땡땡이치마 #땡땡이양말 등의 해시태그는 SNS에서 쉽게 찾아볼 수 있는데요. 그중 #땡땡이무늬는 천 개가 넘는 해시태그가 있습니다. 글자 모양도, 어감도 귀엽다고 생각하겠지만 일본어 투 표현이라 순화해서 쓰는 것이 좋습니다.

동글동글한 무늬가 반복되는 **'땡땡이 무늬'는 '물방울 무늬'로 순화할 수 있습니다.** 영어로 '도트 무늬'라고도 하지만 이 말 역시 국립국어원에서 '물방울 무늬'로 순화했습니다.

> ▶ **학교에 가지 않고 땡땡이를 부리다.**

'땡땡이'는 순우리말로만 인식되면 좋을 텐데요. '농땡이'와 비슷한 말로, 해야 할 일을 하지 않고 눈을 피해 게으름을 피우는 짓, 또는 그런 사람을 속되게 이르는 순우리말이 '땡땡이'입니다. 또 우는 아기를 달랠 때 쓰는 '땡땡이'도 있습니다. 자루가 달린 대틀에 종이를 바르고 양쪽에 구슬을 달아서 흔들면 땡땡 하는 소리가 나게 만든 이 장난감도 우리말로 '땡땡이'입니다.

....

작고 둥글게 찍은 점을 '땡땡이'로 알고 있기 때문일까요? 'ㅇㅇ대
학교에 다니는 김ㅇㅇ'를 '땡땡대학교에 다니는 김땡땡'이나 '모모
대학교에 다니는 김모모'라고 읽는데요. 일본어 투 표현인 '땡땡'
이나 어려운 한자어 '모모某某'가 아닌 우리말답게 '아무', '아무아
무', '아무개' 정도로 표현할 수 있습니다.

아무아무

(대명사) 한 사람 이상의 사람들을 지정하지 않고 이를 때 쓰는 삼인칭
대명사. ≒모모.

(관형사) 어떤 사물을 한정하지 않고 이를 때 쓰는 말. ≒모모.

아무

((성姓 다음에 쓰여)) 어떤 사람을 구체적인 이름 대신 이르는 인칭 대
명사.

뗑깡은 생떼로

혹시 보채거나 짜증을 내는 아이를 보면서 뗑깡(땡깡) 부린다고 한 적이 있나요? 그렇다면 아이의 짜증을 달래기 전에 우리 어른들의 말부터 살펴봐야겠습니다. '뗑깡'은 반드시 순화해서 써야 할 일본어 투 표현이기 때문입니다.

'뗑깡(땡깡)'은 일본어 'てんかん'에서 비롯됐습니다. 일본어 사전을 찾아보면 경련을 일으키고 의식 장애를 일으키는 발작 증상이 되풀이해 나타나는 병을 뜻하는데요. 예전에는 간질이라고 일컫던 뇌전증을 가리킵니다. 이 병의 특징이 반복적인 발작이라 계속 떼를 쓰는 아이의 모습을 거기에 빗댄 것입니다.

내용을 알고 나니 더더욱 쓰면 안 되겠죠? 뗑깡(땡깡) 부리는 아이가 아니라 생떼 부리는 아이, 떼쓰는 아이, 투정 부리는 아이, 보채는 아이, 억지 부리는 아이 등으로 바꿔 쓰는 것이 좋습니다.

만전을 기하다는 빈틈없이 하다로

지나치게 어려운 한자어라서, 전달하려는 개념과 순화 대상어의 의미가 일치하지 않아서, 표현이나 표기가 정확하지 않아서 등 외래어를 순화하려는 이유는 참 다양한데요.

- **▶ 이용에 불편함이 없도록 만전을 기하겠다고 밝혔다.**
- **▶ 안전 관리에 만전을 기할 것을 당부했다.**
- **▶ 안정적 물가 관리에 만전을 기해달라고 지시했다.**

뉴스 기사에서 흔히 보고 들을 수 있는 '만전을 기하다'는 말도 순화해서 쓰면 좋을 표현입니다. '만전萬全'은 조금도 허술함이 없이 아주 완전함, 조금의 위험도 없이 아주 안전함을 뜻하는 한자어이지만 말이 어렵죠. '빈틈없이 하다', '틀림없이 하다', '최선을 다하다' 등 쉬운 우리말로 바꿔 쓰는 건 어떨까요?

- **▶ 이용에 불편함이 없도록 최선을 다하겠다고 밝혔다.**
- **▶ 안전 관리를 빈틈없이 할 것을 당부했다.**
- **▶ 안정적 물가 관리를 틀림없이 하도록 지시했다.**

순화어를 그때그때 어울리는 곳에 잘 사용하면 의사소통이 조금 더 수월해지는 걸 느낄 수 있을 텐데요. 앞으로도 「우리말 나들이」는 순화어 소개를 빈틈없이 할 것을 약속합니다.

매설하다는 파묻다로

- ▶ 폭발물이 매설된 지역이다.
- ▶ 매설된 상수도관이 터졌다.
- ▶ 북한군의 지뢰 매설 작업이 진행 중이다.

지뢰, 수도관 따위를 땅속에 파묻어 설치함을 이르는 한자어 '매설埋設'. 사전에는 '매설되다', '매설하다' 등이 표제어로 등재되어 있는데요. '매설'은 '파묻음'으로, '매설하다'는 '파묻다', '땅에 설치하다'로 알기 쉽게 바꿔 쓸 수 있습니다.

'땅속 케이블(매설 케이블)'과 같이 전신주에 거미줄처럼 얽혀 있는 케이블을 땅속으로 파묻는 이유는 도시 미관을 위해서이거나 또는 지상에 선로를 설치하기 어려울 때가 있기 때문인데요. 땅속에 파묻은 전선이 보이지 않아서 공사 현장에서는 케이블 절단 사고도 흔하다고 하죠? 사고 방지를 위해 아래와 같은 안내 표지판을 세울 때도 있습니다.

- ▶ 현재 작업 중인 땅에 광케이블이 매설되어 있습니다.
  - → 현재 작업 중인 땅에 광케이블이 설치되어 있습니다.

공사 현장의 안내 표지도 알기 쉬운 우리말로 얼마든지 표기할
수 있습니다.

모두 발언은 첫머리 발언으로

일본이 아무리 협박해도 굴하지 않고 우리글을 가르치던 한글 학자 주시경 선생님. 뜻을 알기 어려운 한자를 읽고, 그걸 다시 우리말로 풀이하며 공부하던 때를 생각해보면 우리글을 그 누구의 협박을 받지 않고 쓸 수 있음에도 한자어를 아무렇게나 쓰는 지금이 부끄럽기도 합니다.

그래서 「우리말 나들이」 방송에서는 한자어를 우리말로 쉽게 풀어 쓸 수 있도록 다양한 순화어를 꾸준히 소개해왔습니다. '모두 발언冒頭發言'도 그중 하나입니다. '모두 발언'을 모두가 돌아가면서 하는 발언으로 오해하기도 하는데요. 회의나 연설 따위를 할 때 첫머리에 하는 말을 '모두 발언'이라고 합니다. 말이 어렵죠?

> ▶ 일부 정당과 후보자의 부정 선거라는 모두 발언이 여야 공방의 화근이 됐다.

여기서 '모두冒頭'는 전부라는 뜻의 순우리말이 아니라 말이나 글의 첫머리를 일컫는 한자로, 고유어 '첫머리'로 고쳐 쓸 수 있습니다. 즉 '결론을 모두에서 이미 말했다'는 '결론을 첫머리에서 이미 말했다'는 뜻입니다. '모두 발언'은 '첫머리 발언', '머리 발언'으로 바꿀 수 있겠죠?

주시경 선생님은 자녀들의 이름을 솔메, 세메, 힌메, 봄메, 임메처럼 순우리말로 지었지만, 일제강점기에는 호적을 한글로 올릴 수 없어서 한자 이름을 올렸다고 합니다. 이름까지는 아니더라도 일상에서 알기 어려운 한자어 대신 순우리말을 쓸 수 있다면 그렇게 해보려는 노력이 필요하지 않을까요?

무데뽀는 막무가내로

일의 앞뒤를 잘 헤아려 깊이 생각하는 신중함이 없음을 속되게 이르는 말로 '무데뽀(무대뽀)'라는 표현을 흔히 쓰는데요. '무데뽀'는 총 없이 싸우려는 군인을 가리키는 일본어에서 온 말입니다. 우리말답게 고쳐 쓰려면 어떻게 바꾸는 게 좋을까요?

▶ **아무리 말려도 막무가내로 덤벼든다.**
▶ **언니는 언제나 무모하게 행동한다.**

'무데뽀(무대뽀)'는 달리 어찌할 수 없음을 이르는 '**막무가내**'나 앞뒤를 잘 헤아려 깊이 생각하는 신중성이나 꾀가 없음을 이르는 '**무모**'로 다듬어서 쓸 수 있습니다.

비말은 침방울로

한자어 '비말飛沫'은 2019년 코로나 19가 시작되며 대중적으로 널리 쓰이게 됐지만, 사실 그보다 앞서 2016년 중앙행정기관 전문용어 개선안 검토 회의를 거쳐 다듬은 말이 이미 결정된 표현입니다.

사상 초유의 바이러스를 마주하면서 각종 생소한 단어들도 마구 쏟아졌고 '비말'도 그중 하나였죠? 비말 전파, 비말 감염, 비말 차단 마스크, 비말 접촉 등 언론에서 말하는 대로 따라 하기 시작했는데, 처음부터 알아듣기 쉬운 말로 썼다면 어땠을까 하는 아쉬움이 남습니다. 한자 날 비飛, 물방울 말沫을 쓰는 '비말'은 날아 흩어지거나 튀어 오르는 물방울이라는 뜻으로 간단하게 **'침방울'로 순화**해 쓸 수 있습니다.

감기의 전파 경로 첫째는 침방울 감염, 둘째는 공기 감염, 셋째는 접촉 감염으로 알려져 있습니다. 침방울은 5마이크로미터 이상의 크기로 2미터까지 전파될 수 있다고 하니 감기에 걸렸을 때는 마스크를 꼭 씁시다.

뽀록나다는 드러나다나 들통나다로

▶ **너 연애하는 거 뽀록났어!**

글쎄요, 뽀록났다는 말이 과연 적당할까요? '뽀록'은 누더기, 결점을 뜻하는 일본어 'ぼろ'에서 온 말로, 표제어 '뽀록나다'가 사전에 등재되어 있어서 표준어로 이해하기 쉽지만 일본어 투 표현이라는 걸 알아두면 좋겠습니다.

뽀록나다

(속되게) 숨기던 사실이 드러나다.

그렇다면 '뽀록나다'는 어떻게 다듬어 쓰면 좋을까요? 숨기고 싶던 연애는 뽀록난 것이 아니라 **드러났고, 들통났고, 발각됐고, 부르터났고, 새난 것입니다.**

드러나다

(1) 가려 있거나 보이지 않던 것이 보이게 되다.

(2) 알려지지 않은 사실이 널리 밝혀지다.

(3) 겉에 나타나 있거나 눈에 띄다.

들통나다

비밀이나 잘못된 일 따위가 드러나다.

발각되다

숨기던 것이 드러나다.

부르터나다

숨기어 묻혀 있던 일이 드러나다.

새나다

비밀 따위가 밖으로 드러나다.

삐까번쩍하다는 번쩍번쩍하다로

▶ 해외 참전 용사들은 달라진 한국의 **삐까번쩍**한 모습에 놀라움을 금치 못했다.

'삐까번쩍하다'는 동사로도, 형용사로도 반드시 다듬어서 써야할 말입니다. 요즘엔 말맛이 귀엽다고, 또는 원래 우리말인 걸로 착각해서 흔히 쓰이고 있는데요. 무심코 사용하는 '삐까번쩍하다'는 일본어 'ぴかぴか'에서 온 말입니다. 일본어 '비까ぴ까'가 국어의 의태어 '번쩍'과 결합한 형태인데요. '-번쩍하다' 부분 때문에 고유어로 잘못 인식되기도 하죠? '삐까번쩍하다'를 우리말로 바꾼다면 **'번쩍번쩍하다'**, **'뻔쩍뻔쩍하다'**, **'반짝반짝하다'**로 쓸 수 있습니다.

번쩍번쩍하다

(동사) 큰 빛이 잇따라 잠깐씩 나타났다가 사라지다. 또는 그렇게 되게 하다.

(형용사)

(1) 큰 빛이 잇따라 잠깐 나타났다가 사라지며 빛나는 상태에 있다.

(2) 순간순간 갑자기 기발한 생각을 잘해내는 재치가 있다.

동사로 쓸 때도 '손전등이 삐까번쩍한 것'이 아니라 '손전등이
번쩍번쩍한 것'으로, 형용사의 첫 번째 뜻으로 쓸 때도 '별빛이
삐까번쩍했다'가 아니라 '별빛이 번쩍번쩍했다'고 해야 합니
다. 또 형용사의 두 번째 뜻으로 쓸 때도 '그 사람은 회의 때마
다 여러 아이디어가 삐까번쩍하다'고 말할 게 아니라 '그 사람
은 회의 때마다 여러 아이디어가 번쩍번쩍하다'고 해야 우리말
답습니다.

사양하다는 손사래를 치다로

무언가를 사양辭讓하고, 난색難色을 표하고, 거절拒絕하고, 거부拒否하는 것은 모두 한자어입니다. 한자어가 나쁘다는 것이 아니라 한자어를 아는 만큼 순우리말 표현도 함께 알아두면 좋을 텐데요. 겸손하여 받지 아니하거나 응하지 아니하다, 또는 남에게 양보하다는 뜻의 '사양하다', 꺼리거나 어려워하는 기색을 보인다는 뜻의 '난색을 표하다', 상대편의 요구, 제안, 선물, 부탁 따위를 받아들이지 않고 물리치다는 뜻의 '거절하다', 그리고 '거절하다'와 비슷한 말인 '거부하다' 모두 순우리말 '손사래를 치다'로 바꿔 쓸 수 있습니다.

▶ 술잔을 아무리 권해도 사양하더라고.
　→ 술잔을 아무리 권해도 손사래를 치더라고.

어떤 말이나 사실을 부인하거나 남에게 조용히 하라고 할 때 손을 펴서 휘젓는 일을 '손사래'라고 하는데요. 여기서 파생된 관용구 '손사래를 치다'는 거절이나 부인을 하며 손을 펴서 마구 휘젓다는 뜻을 담고 있습니다.

'손사래'는 발음을 유의해야 하는데요. [손사래]가 아니라 [손싸래]
로 발음해야 맞습니다. '손사래'는 줄여서 '손살'이라고 할 수도 있
습니다. '손살'의 발음도 [손살]이 아니라 [손쌀]이 맞습니다.

시말서는 경위서로

한 취업 정보 업체가 조사한 결과, 요즘 신입사원들의 우리말 실력이 외국어 실력보다 문제가 더 많았다고 합니다. 우리말 실력과 외국어 실력을 길러 취업을 해도 문제는 계속됩니다. 직장에서 무심코 쓰는 말 중 일본어 투 표현이 많기 때문인데요. 예를 들어 '이번 일로 시말서를 쓰게 되었다'고 할 때 '시말서始末書'는 사전에 표제어로 등재되어 있지만 일본어 투 표현이기 때문에 다듬은 말로 쓰는 것이 좋습니다. 어떻게 바꿔 쓸 수 있을까요?

- ▸ **경위서를 내다.**
- ▸ **경위서를 받다.**
- ▸ **경위서를 제출하다.**
- ▸ **경위서를 써야 할 일을 저질렀다.**

사전 뜻풀이를 찾아보면 '시말서'는 잘못을 저지른 사람이 사건의 경위를 자세히 적은 문서이고, '경위서'는 일이 벌어진 경위를 적은 서류로 구분되어 있는데요. **'시말서'의 다듬은 말이**

'**경위서**'이므로 어떤 단어를 써야 할지 고민할 필요 없이 '경위
서'로 쓰면 됩니다.

아카이브는 자료 보관소로

도서관에서 책을 빌리려는데 그 책이 아카이브에 따로 보관 중이라는 이야기를 들었다면, 이때 '아카이브'는 무슨 뜻일까요? 사전에는 등재되지 않은 외국어 '아카이브archive'는 평소에도 흔히 들을 수 있는 말인데요. 우리말로 표현할 순 없을까요?

▶ 6·25전쟁 아카이브 구축 사업을 시작했다.

　→ 6·25전쟁 자료 보관소 구축 사업을 시작했다.

▶ 작품을 연대별로 보관한 아카이브가 한쪽 벽면에 설치되어 있다.

　→ 작품을 연대별로 보관한 자료 저장소가 한쪽 벽면에 설치되어 있다.

▶ 흩어져 있는 자료를 모아 아카이브 작업을 했다.

　→ 흩어져 있는 자료를 모아 기록 보관 작업을 했다.

▶ 수집된 출판물, 잡지, 신문들에 대한 아카이브 작업이 진행되었다.

　→ 수집된 출판물, 잡지, 신문들에 대한 자료 전산화 작업이 진행되었다.

'아카이브'는 위의 예문처럼 문맥에 따라 '자료 보관소', '자료 저장소', '기록 보관', '자료 전산화' 등으로 바꿔 쓸 수 있습니다. 사전에 없어도 이미 언중이 널리 쓰고 있는 외국어는 다시 한글로 바꾼다고 해도 정확한 뜻을 전달하는 게 쉽지 않겠지만, 그렇다고 매번 외국어를 그대로 갖다 쓸 순 없지 않을까요? 우리말로 바꿔도 일상에서 알아듣기 쉽고 널리 쓸 만하다면 대중도 우리말을 먼저 사용하리라고 믿습니다.

엑기스는 진액으로

매실 엑기스, 장어 엑기스, 홍삼 엑기스 등 몸에 좋다는 엑기스는 몸에는 좋을지언정 말에는 좋지 않습니다. '엑기스エキス'는 뽑아내다, 추출하다는 뜻의 영어 'extract'에서 앞부분만 떼어 만들어진 일본어이기 때문입니다. **'엑기스'는 '진액'으로 다듬어 쓸 수 있는데요.** 우리말로는 매실 진액, 장어 진액, 홍삼 진액으로 바꿀 수 있겠죠?

> **진액**津液
>
> (1) 생물의 몸 안에서 생겨나는 액체.
> (2) 재료를 진하게 또는 바짝 졸인 액체.

▶ **한국어능력시험 대비를 위한 엑기스 과정.**

▶ **초보자에게 딱 필요한 것을 엑기스로 가르쳐드립니다.**

▶ **지난 공연의 엑기스만을 모아 보여드립니다.**

▶ **이번 전시에는 작가의 엑기스를 엄선했습니다.**

'진액'에는 두 가지 뜻이 있습니다. '엑기스'를 '진액'으로 바꾼다고 해서 위 예문의 '엑기스 과정'을 '진액 과정'으로 고치거나 '공연의 엑기스'를 '공연의 진액'으로 고쳐 쓰면 어색하겠죠? 이때에는 '한국어능력시험 대비를 위한 알맹이 과정', '초보자에게 딱 필요한 것을 뽑아서 가르쳐드립니다', '지난 공연의 정수만을 모아 보여드립니다', '이번 전시에는 작가의 진수를 엄선했습니다'처럼 문맥에 맞게 다양하게 바꿀 수 있습니다.

왔다리 갔다리는 왔다 갔다로

'왔다 갔다'를 재미있게 이르는 말로 '왔다리 갔다리'를 쓰고 있다면 다시 생각해봐야 할 것 같은데요. '왔다리 갔다리'는 일본어 투 표현입니다. 일본어 '잇타리킷타리 いったりきたり'에서 온 말로, '왔다 갔다'라고 써야 우리말답습니다.

▶ **왔다 갔다 하지 말고 가만히 있을래?**
▶ **오락가락하지 말고 가만히 있을래?**

'왔다 갔다'는 '오락가락하다'로도 쓸 수 있는데요. 계속해서 왔다 갔다 하다는 뜻으로 '아이들이 놀이터를 오락가락했다'처럼 표현할 수 있습니다. '오락가락하다'는 왔다 갔다 할 때도, 생각이나 정신이 있다 없다 할 때도, 비나 눈이 내렸다 그쳤다 할 때도 다양하게 쓸 수 있는 우리말입니다.

익일은 다음 날로

당일 배송, 당일 도착은 알겠는데 익일 배송, 익일 도착이 무엇인지 몰라서 '익일'을 검색해보는 일이 있습니다. 한국인도 바로 알아듣기 쉽지 않은 한자어 '익일翌日', 우리말로 쉽게 순화할 순 없을까요?

한자 다음날 익翌, 날 일日을 쓰는 '익일'은 어느 날 뒤에 오는 날이라는 뜻으로 '다음 날'로 쉽게 바꿔 쓸 수 있습니다.

- ▶ 익일 배송 → 다음 날 배송
- ▶ 익일 오후 두 시까지 해주세요.
  → 다음 날 오후 두 시까지 해주세요.

1977년 국어순화용어자료집에서는 '익일'을 일본어 투 생활용어로 다루고 있기도 합니다. 다음 날까지 달라고 하면 될 것을 괜스레 어려운 한자어를 써서 듣는 사람이 '익일'이 무슨 뜻인지 검색하도록 만들 필요는 없죠? 언어의 가장 중요한 역할은 소통일 테니까요.

날짜와 관련된 다음 표현들도 순화해서 사용하면 어떨까요?

익월 → 다음 달

익년 → 다음 해

익익일 → 다음 날의 다음 날

익익월 → 다음 달의 다음 달

익익년 → 다음 해의 다음 해

자동제세동기는 자동 심장 충격기로

긴박한 상황에서 사용하는 말인데 발음하기도 어렵고 들었을 때 바로 이해하기도 힘들다면 누구나 알기 쉽게 고쳐 쓰는 게 좋겠죠? 건물, 지하철, 시내버스와 일부 택시에도 설치되어 있는 '자동제세동기自動除細動器'가 그렇습니다. 영어 'AED Automated External Defibrillator'로 쓰여 있는 것도 많이 보셨을 텐데요.

한자 덜 제除, 가늘 세細, 움직일 동動을 쓰는 제세동, 그러니까 심장의 잔떨림을 제거한다는 뜻입니다. 심정지 환자에게 전기 충격을 주어서 심장의 정상 리듬을 가져오게 하는 기계를 그동안 '제세동기'라 불러왔습니다. 긴급할 때 쓰는 도구인 만큼 누구나 알기 쉽게 표현하면 좋을 텐데 말이 너무 어렵죠?

어려운 한자어 '자동제세동기'는 '자동 심장 충격기', '심장 충격기'로 고쳐서 쓰는 것이 좋습니다. 소통이 빨라야 더욱 신속히 환자를 도울 수 있을 테니까요.

절다

▶ **오래 준비한 공연인데 무대 위에서 가사를 절어서 다 망쳤어.**

이렇게 말하면 무대만 망친 게 아니라 우리말도 망친 겁니다. 언제부턴가 노래 가사를 더듬으면 가사를 절었다고 하고, 발표 중에 말을 더듬어도 말을 절어서 발표를 망쳤다고 합니다. 과연 절었다고 표현하는 게 맞을까요?

> **절다**
> 한쪽 다리가 짧거나 다쳐서 걸을 때에 몸을 한쪽으로 기우뚱거리다.

가사를 틀리고 발표를 망친 것을 다리를 저는 것에 비유해 말하는 건 장애에 대한 선입견입니다. **다리를 저는 것과 무엇을 틀리고 망치는 것은 전혀 관계가 없으니까요.**

또 우리말 '절다'를 '쩔다'로 잘못 표기하고 발음하는 일도 흔한데요. 사전에 '쩔다'는 없습니다. '온몸이 땀에 절었다', '술에 절어 살았다'처럼 쓸 순 있어도 땀에 '쩔' 수도 없고 술에 '쩔어' 살 수도 없습니다.

조준하다는 겨냥하다로

2024 파리 올림픽에서 총, 칼, 활, 발차기로 최고 성적을 거둔 대한민국 선수들을 전 국민이 함께 지켜봤습니다. 저마다 다른 매력이 있는 네 가지 종목의 공통점은 무엇일까요? 아마도 '조준'이 아닐까 싶습니다. 총알과 활을 과녁에 조준하고, 칼끝을 상대에게 조준하고, 발을 정확히 조준해 차는 것이니까요.

조준照準하다

총알, 화살 따위를 목표물에 맞히기 위하여 방향과 거리를 잡아 겨냥하다.

정조준正照準하다

총알, 화살 따위를 목표물에 정확히 맞히기 위하여 방향과 거리를 잡아 똑바로 겨냥하다.

그런데 '조준하다', '정조준하다'라는 한자어 대신 **'겨누다'**, **'겨냥하다'**라는 순우리말을 쓰는 건 어떨까요? '겨누다'엔 두 가지 뜻이 있습니다. 활이나 총 따위를 쏠 때 목표물을 향해 방향과 거리를 잡다, 한 물체의 길이나 넓이 따위를 대중이 될 만한 다른 물체와 견주어 헤아리다의 뜻으로 '총을 숲 쪽으로 겨누다' 또는 '몸에 대충 겨누어 보고만 샀더니 옷이 너무 헐렁하다'처럼 쓰입니다.

'겨냥하다'에도 두 가지 뜻이 있는데요. 목표물을 겨누다의 뜻일 땐 '목표를 겨냥하다'처럼 쓰이고, 행동의 대상으로 삼다의 뜻일 땐 '그 얘기는 우리를 겨냥해 하는 말임이 분명하다'처럼 쓰입니다.

◉ 우리말 여겨보기 ···

사전에서 비슷한 말 '눈겨냥하다'도 찾을 수 있는데요. 눈으로 보아 대략 목표를 겨누다의 뜻을 담은 순우리말입니다.

종지부는 마침표로

일제의 강압 아래 많은 사람들이 글쓰기를 관두었지만 끝까지 뜻을 굽히지 않았던 조선인 시인 윤동주. 호적 없이 1945년 2월에 27세로 사망한 윤동주는 국적 논란에 '종지부'를 찍고 서거 77년 만에 대한민국 국민이 되었습니다. 2022년에 국가보훈처가 시인 윤동주를 비롯해 홍범도 장군, 송몽규 지사, 장인환 의사 등 호적이 없었던 독립유공자 156명에 대한 가족관계등록부를 창설한 것인데요. 등록기준지는 독립기념관 주소(충청남도 천안시 동남구 목천읍 독립기념관로 1)입니다. 중국에서는 윤동주 시인의 출생지를 두고 그를 중국인 조선족 위인으로 삼으려고 하지만, 시인의 본적은 함경북도이고 이제는 아무도 부인할 수 없는 대한민국 국민입니다.

그런데 윤동주 시인이 국적 논란에 '종지부'를 찍고 서거 77년 만에 대한민국 국민이 되었다는 말은 한번 살펴봐야 할 것 같습니다. '종지부'가 일본어 투 표현이기 때문입니다. 사전에 표준어로 등재된 말이지만 '종지부'는 우리말답게 '마침표'로 다듬어서 씁니다.

종지부 終止符

『언어』 이전 문장 부호 규정에서 온점(.), 고리점(.), 물음표(?), 느낌표(!)를 아울러 이르던 말. 2015년 문장 부호 규정 개정 시(2015년 1월 1일 시행)에 이 조항이 삭제되었다. =마침표.

관용구에 '종지부를 찍다'라는 표현도 있습니다. 어떤 일이 끝장이 나거나 끝장을 내다라는 뜻으로 **'마침표를 찍다'**, **'끝맺다'** 로 바꿔서 쓸 수 있는 말입니다.

주력하다는 힘을 모으다로

핵심 기술을 개발하는 데 주력하겠다거나 사고 원인 규명에 주력했다는 말을 흔히 들을 수 있습니다. 뉴스 원고에서도 자주 쓰는 말인데요. 한자어 '주력注力하다'는 1977년 국어순화자료에도 나왔던 말로, 이후 1983년 문교부의 국어순화자료에도 나오고 1992년 국어순화자료집에도 나오는데요. 아주 오랫동안 어려운 한자어로 써온 이 말, 지금부터라도 '힘을 모으다'로 다듬어서 누구나 알기 쉽게 쓰면 어떨까요?

> ▶ **핵심 기술을 개발하는 데 힘을 쏟겠다.**
> ▶ **사고 원인 규명에 힘을 모았다.**

어떤 일에 온 힘을 기울이다는 뜻의 한자어 '주력하다'는 '힘을 기울이다', '힘을 쏟다', '힘을 모으다'처럼 다양하게 쓸 수 있습니다.

찌라시는 뜬소문으로

가짜 뉴스, 허위 날조 뉴스, 확인되지 않은 내용을 담은 정보지 등 다양한 별명이 있는 이것을 '찌라시'라고 하죠. 이는 일본에서 온 말로 흩뜨려 놓음, 광고로 뿌리는 종이를 뜻하는 일본어 'ちらし'를 그대로 읽은 것입니다. 사전에는 '지라시'로 등재되어 있습니다.

지라시

선전을 위해 만든 종이 쪽지.

국립국어원에서는 이를 '**선전지**', '**낱장 광고**'로 다듬은 바 있는데요. 이 밖에도 이 사람 저 사람 입에 오르내리며 근거 없이 떠도는 소문을 뜻하는 우리말 '**뜬소문**'도 있고, 아무 근거 없이 널리 퍼진 소문을 뜻하는 '**유언비어**', 집 밖이나 집단 밖에서 사람들의 입에 오르내리며 떠도는 말을 뜻하는 '**바깥소문**', 터무니없는 헛소문을 뜻하는 '**낭설**'도 있으니 순화해서 사용하는 건 어떨까요?

▶ 뜬소문은 믿을 게 못 된다.

▶ 유언비어를 퍼뜨리다.

▶ 바깥소문에 따르면 회사 사정이 어렵다던데.

▶ 낭설이 파다하다.

차출하다는 뽑다로

국립국어원 누리집에 따르면 이 말은 1978년 문교부의 국어
순화자료집에도 있었고, 1983년 학교 교육용 국어순화자료와
1992년 국어순화자료집에도 나왔으며, 2015년 국어바르게쓰
기위원회에서 선정한 행정용어순화어이기도 했습니다. 그리고
「우리말 나들이」 방송에서도 소개했는데요. 바로 '차출하다'입
니다.

차출差出하다

(1) 예전에, 관원으로 임명하기 위하여 인재를 뽑다.

(2) 어떤 일을 시키기 위하여 인원을 선발하여 내다.

요즘은 두 번째 뜻으로 주로 쓰여 '마을에서 필요한 인원을 차
출했다', '각 학교에서 두 명씩 차출하면 좋겠다'처럼 표현하곤
합니다. 하지만 너무 어려운 한자어죠? 아이들도 알아들을 수
있는 쉬운 우리말로 **'뽑다'**, **'뽑아내다'** 정도로 바꿔 쓰는 건 어
떨까요? 관습적으로 사용하는 말이라고 해서 모든 국민이 쉽게
이해하는 건 아닐 테니까요.

초도는 첫으로

신제품 초도 물량이 매진돼서 못 샀다거나 초도 물량이 완판되었다거나 초도 물량을 단독 공급한다는 뉴스들을 볼 수 있는데요. 여기서 '초도 물량'이란 표현, 듣자마자 바로 알아듣기엔 어렵지 않나요?

초도初度

맨 처음 닥치는 차례.

- 초도 순찰.

'초도'는 한자 처음 초初, 법도 도度를 사용하는데요. 말이 어렵습니다. '초도 물량'은 '첫 물량' 정도로 다듬어서 쓰면 누구나 알아듣기 쉽겠죠?

팝업창은 알림창으로

갑자기 뜬 팝업창에 필요했던 정보가 보일 땐 반갑기도 하지만, 사실은 대부분 광고성이라 일일이 닫는 게 귀찮을 때도 있습니다. 이처럼 특정 웹사이트에서 어떠한 내용을 표시하기 위해 갑자기 생성되는 새 창을 흔히 '팝업창'이라고 하는데요. 그렇지만 '팝업창'도 너무 자주 뜨면 불편하죠? 정보통신 용어가 모두 외래어로만 쓰이는 것도 누군가에겐 불편할 수 있을 겁니다. '팝업창'은 알게 하는 일, 또는 그 내용을 뜻하는 **'알림'**과 모니터 화면에서 독립적인 환경을 나타내는 사각형 모양의 영역을 뜻하는 **'창'**을 결합한 **'알림창'**으로 순화해서 쓸 수 있습니다.

순화어 문제

내용을 잘 익혔는지 확인해볼까요?
밑줄 친 외래어를 순화한 표현으로 고치세요.

① 마침내 긴 여정의 <u>종지부</u>를 찍었다. →

② <u>익일</u> 오후까지 보고서 제출하세요. →

③ 거짓말한 게 <u>뽀록나서</u> 당황했어. →

④ 내일 광복절이니까 태극기 <u>게양하는</u> 것 잊지 마. →

⑤ <u>눈먼 돈</u>에 욕심 내다가는 큰일 나. →

⑥ <u>뗑깡</u> 부리는 아이를 달래느라 힘들었다. →

⑦ 왜 이렇게 <u>무데뽀로</u> 행동하는 거야?. →

⑧ 지난 주말에는 친구들과 한강 <u>고수부지에서</u> 놀았다. →

⑨ 땡땡이 원피스가 잘 어울린다. →

⑩ 선물을 주려고 했는데 사양하더라고. →

⑪ 굴삭기 운전기능사 시험을 준비 중이다. →

⑫ 이번 작업을 위해 세 명을 차출하기로 했다. →

⑬ 곤색보다는 검은색이 더 잘 어울린다. →

⑭ 만전을 기해 준비했으니 잘될 거야. →

⑮ 견습 기간은 3개월이다. →

지금까지 올바른 표준어와 맞춤법, 외래어 표기법, 순화하면 좋을 표현까지 다양하게 살펴봤습니다. 책을 덮기 전에 앞의 내용을 종합한 문제 풀이를 통해 내 어휘력 수준을 최종 점검해보세요.

문제1 밑줄 친 부분을 바르게 고치세요.

① 여러 사람의 일정을 이리저리 <u>껴맞추느라</u> 애를 썼다. →

② 아이들 <u>뒤치닥거리를</u> 하느라 바쁜 하루를 보냈다. →

③ 한옥을 <u>본따</u> 만든 건물. →

④ 며칠 못 본 사이 그의 얼굴이 <u>헬쓱해졌다.</u> →

⑤ 냄비에 밥이 <u>눌러붙지</u> 않도록 조심해. →

문제 2 빈칸에 들어갈 올바른 낱말을 고르세요.

우리는 _____ 뗄 수 없는 사이이다.
① 뗄래야   ② 떼려야   ③ 뗄려야

집 가는 길에 편의점에 들러 _____ 를 샀다.
① 갑 티슈   ② 각 티슈   ③ 곽 티슈

그런 일은 나한테 먼저 _____ 을 했어야지!
① 귀띔   ② 귀   ③ 귀뜸

학교 앞의 나무는 키가 _____ .
① 짧다랗다   ② 짤따랗다   ③ 짧따랗다

어제 밤새 티브이를 봤더니 하루 종일 피곤하고 _____ .
① 졸립다   ② 졸렵다   ③ 졸리다

문제 3 밑줄 친 낱말이 한글 맞춤법에 맞는 것을 고르세요.

① 밥 먹고 바로 누워서인지 속이 <u>메슥거려</u>.

② 바람이 세차게 불어서 머리칼이 <u>흐트러졌다</u>.

③ 밥을 먹기 싫다는 아이를 계속 <u>얼르고</u> 달랬다.

④ 소매를 <u>걷어부치고</u> 일을 하기 시작했다.

⑤ 해 뜨는 풍경을 기대했지만 안개에 <u>덮혀</u> 아무것도 보이지 않았다.

문제 4 밑줄 친 낱말이 외래어 표기법에 맞지 않는 것을 고르세요.

① 어제 본 영화에 나온 그 대사, 전부 배우의 <u>애드리브래</u>.

② <u>스트로</u>는 필요 없으니 빼고 주세요.

③ 친구에게 빨리 오라고 <u>메시지를</u> 보냈다.

④ 오늘 저녁은 <u>프라이드치킨</u> 어때?

⑤ 마지막 주자가 <u>바톤</u>을 받아 결승선을 향해 내달렸다.

문제 5 밑줄 친 낱말을 순화어로 고친 문장 중 틀린 것을 고르세요.

① 근거 없는 <u>찌라시</u>는 믿지 마.

→ 근거 없는 <u>뜬소문</u>은 믿지 마.

② 첫 출근을 앞두고 구두에 <u>삐까번쩍</u> 광을 냈다.

→ 첫 출근을 앞두고 구두에 <u>번쩍번쩍</u> 광을 냈다.

③ 아침 일찍 출발할 수 있게 <u>잡도리</u> 제대로 하고 자.

→ 아침 일찍 출발할 수 있게 <u>단도리</u> 제대로 하고 자.

④ 업무량이 많아서 야근하는 일이 <u>다반사다</u>.

→ 업무량이 많아서 야근이 <u>예삿일이다</u>.

⑤ 이번에는 반드시 <u>종지부</u>를 찍어야 한다.

→ 이번에는 반드시 <u>마침표</u>를 찍어야 한다.

우리말 나들이 어휘력 편

초판 1쇄 발행 2025년 1월 13일

엮은이 MBC 아나운서국

펴낸이 황혜숙

편집 황유라

펴낸곳 ㈜창비교육

등록 2014년 6월 20일 제2014-000183호

주소 04004 서울 마포구 월드컵로12길 7

전화 1833-7247

팩스 영업 070-4838-4938 | 편집 02-6949-0953

홈페이지 www.changbiedu.com

전자우편 contents@changbi.com

ⓒ MBC 아나운서국 2025
ISBN 979-11-6570-311-0 03800